AF131636

HÉSIODE ÉDITIONS

CHARLES DICKENS

Les Carillons

Hésiode éditions

© Hésiode éditions.

1 rue Honoré - 93500 Pantin.
ISBN 978-2-38512-123-5
Dépôt légal : Novembre 2022

Impression Books on Demand GmbH

In de Tarpen 42
22848 Norderstedt, Allemagne

Les Carillons

PREMIER QUART.

Il est peu de personnes. – Et d'abord, comme il est désirable qu'un conteur et son lecteur se comprennent et se mettent d'accord aussitôt que possible, je prie de remarquer que je ne limite cette observation ni aux grandes personnes ni aux petites, mais que je l'étends à toutes les classes de personnes, petites et grandes, jeunes et vieilles ; à celles qui sont encore dans l'âge de la croissance, comme à celles qui sont dans l'âge de la décroissance ; – il est donc, dis-je, peu de personnes qui se soucieraient beaucoup de dormir dans une église. Je ne parle pas de l'heure du sermon, pendant l'été (car cela s'est vu une fois ou deux), mais la nuit, mais seul ! Je sais que cette supposition de dormir dans l'église, en plein jour, étonnerait prodigieusement une multitude de personnes ; mais elle ne s'applique qu'à la nuit ; il ne s'agit que de la nuit, et c'est ce que je me charge de maintenir victorieusement contre tout contradicteur qui voudra venir argumenter avec moi par une nuit orageuse d»hiver, dans un vieux cimetière, devant la porte d'une vieille église, après m'avoir préalablement autorisé à l'y enfermer jusqu'au lendemain matin, si cela est nécessaire pour sa complète satisfaction.

En effet, le vent de la nuit a une façon lugubre d'errer autour d'une vieille église, de gémir, d'ébranler avec sa main invisible les croisées et les portes, de chercher quelque fente pour s'y introduire ; et, quand il est entré, comme quelqu'un qui ne trouve pas ce qu'il cherche, il crie et hurle pour sortir, se jette à travers les nefs, glisse autour des piliers, escalade l'orgue, s'élance aux voûtes et s'efforce de briser les solives : puis tout-à-coup se précipite en désespéré sur les dalles, et pénètre en murmurant sous les caveaux ; … mais le voilà revenu en tapinois, le voilà qui rampe le long des murailles, où l'on croirait qu'il lit à voix basse les inscriptions consacrées aux morts ; aux unes il semble siffler et rire, aux autres gémir et se lamenter. C'est encore avec des sons lugubres qu'il s'agite dans l'enceinte de l'autel, comme s'il entonnait une triste complainte sur les profanations du lieu saint, sur les sacrilèges, les meurtres, l'adoration des faux dieux et la violation des tables de la loi, ces tables qui paraissent si propres et si polies, mais qui ont été tant de fois souillées et brisées. – Ah ! Dieu nous bénisse ! je le déclare du coin de mon feu où je suis commodément assis : c'est une voix pleine de terreurs que celle du vent quand il chante à minuit dans une église.

Mais le vent monte-t-il dans le clocher… c'est là-haut qu'il siffle et rugit ; dans le clocher où il peut si librement entrer et sortir à travers mainte arcade aérienne, et par les orifices plus étroits des meurtrières, tournoyant dans l'escalier, secouant le coq de la girouette criarde, et faisant trembler toutes les pierres de la tour ; – dans le clocher où se trouve le beffroi, où la rouille ronge de sa lèpre les grilles en fer, où les lames de plomb et de cuivre, ridées par les variations de l'atmosphère, craquent sous les pieds qui les foulent ; où les oiseaux garnissent misérablement leurs nids entre les vieilles poutres de chêne ; où une grise poussière s'accumule depuis des siècles ; où des araignées tachetées, qui se sont engraissées dans leur sécurité indolente, se balancent paresseusement en suivant la vibration des cloches, ne quittant jamais leurs châteaux aériens, ignorant ces alarmes qui forcent les araignées moins heureuses de grimper rapidement le long de leur fil comme le mousse aux cordages, ou de se laisser tomber à terre pour y sauver leur vie par la fuite. Oui, c'est dans le clocher d'une antique église, bien au-dessus des lumières et des bruits, sous les ombres des nuages qui la couvrent de leur dais flottant, que la nuit a des heures étranges et terribles !… Or, c'est dans le clocher d'une antique église qu'étaient les cloches dont je raconte l'histoire.

Ces cloches étaient bien vieilles, croyez-moi. Il y avait des siècles que ces cloches avaient été baptisées par de saints évêques, un si grand nombre de siècles, que le registre de leur baptême était perdu depuis longtemps… avant mémoire d'homme : aussi personne ne savait leurs noms ; elles avaient eu cependant leurs parrains et leurs marraines, ces cloches (pour ma part, j'aimerais mieux risquer la responsabilité d'être le parrain d'une cloche que d'un enfant), et elles avaient eu sans doute aussi leurs coupes d'argent. Mais le temps avait passé avec sa faux sur leurs parrains, Henri VIII avait fondu les coupes d'argent de leur baptême, et elles restaient suspendues sans coupes et sans noms dans la tour de l'église.

Ce n'étaient pas des cloches muettes, malgré tout ; bien au contraire : elles avaient des voix claires, fortes, vibrantes et retentissantes qu'on pouvait entendre de loin avec l'aide du vent ; mais cloches trop énergiques pour dépendre des caprices du vent, toutefois, elles luttaient bravement contre lui, et triomphant de son souffle contraire, allaient royalement et joyeusement frapper l'oreille attentive, quand elles voulaient être entendues dans les nuits d'orage par quelque pauvre mère qui veillait son enfant malade, ou par quelque femme solitaire dont le mari était en mer : si bien que leurs carillons avaient quelquefois battu les bouffées d'une bourrasque. Ainsi le prétendait Toby Veck ; car, quoiqu'on l'appelât Trotty Veck, son nom était Toby, et, sans un acte spécial du parlement, il n'était permis à personne de changer son nom de Toby ou Tobias, puisqu'il avait été aussi légalement baptisé dans son temps que les cloches dans le leur, avec moins de solennité, toutefois, et moins de réjouissances publiques.

Quant à moi, je me déclare de l'opinion de Toby Veck, car je suis sûr qu'il avait assez d'occasions de s'en former une correcte ; et tout ce que disait Toby Veck, je le dis, me rangeant à côté de Toby Veck, quoiqu'il restât debout tout le long du jour (station fatigante) sous la porte extérieure de l'église. Dans le fait il était commissionnaire, Toby Veck, et il restait là en attendant qu'on lui confiât quelque commission.

Oui, c'était là une station pénible, en hiver surtout, par une de ces froides bises qui donnent la chair de poule, bleuissent le nez, bordent les yeux d'un cercle rouge, font claquer les dents, et convertissent les pieds en glaçons. Toby Veck le savait bien, exposé sans cesse comme il l'était à l'attaque personnelle du vent qui tournait tout-à-coup le coin de la place, surtout le vent d'est avec son souffle déchirant qui semble arriver des confins de la terre, d'autant plus que souvent ce vent perfide s'amusait à le surprendre, à lui courir sus à l'improviste, et à l'envelopper d'un tourbillon comme s'il se fût dit : « Ah ! le voilà. » Vainement Toby se couvrait la tête de son petit tablier de toile, comme fait un enfant maussade ; vainement il essayait de s'armer de sa faible et inutile canne pour ce duel inégal ; il sentait bientôt trembler violemment ses jambes, penchait le corps dans une attitude oblique, tantôt à droite, tantôt à gauche, frappait du pied, et résistait si mal aux secousses de la tourmente, qu'à tout moment il semblait sur le point d'être enlevé dans les airs comme un limaçon ou une grenouille, pour aller retomber, sous sa forme de commissionnaire, dans quelque région sauvage, dont les habitants se seraient émerveillés de cette pluie phénoménale.

Eh bien, un jour de vent, malgré toutes ses rigueurs, était encore comparativement un beau jour pour Toby : c'est un fait. Il semblait à Toby qu'avec le vent la pièce de six pence ne s'était pas fait attendre si longtemps ; sa lutte forcée avec l'élément tempétueux servait à le distraire et le restaurait lorsqu'il sentait venir la faim et le découragement. La gelée aussi ou la neige étaient des événements qui semblaient lui faire du bien, n'importe comment, car il aurait eu de la peine à le dire, le pauvre Toby ! Ainsi, les jours de vent, de gelée et de neige, peut-être aussi les jours de grêle, étaient les jours heureux de Toby.

Ses plus mauvais jours étaient les jours de pluie, alors qu'une humidité froide l'enveloppait comme un manteau mouillé, la seule espèce de manteau que possédât Toby, le seul dont il se fût passé volontiers : jours d'épreuve pour lui que ces jours de pluie, quand les nuages distillaient une eau lente, épaisse, opiniâtre : quand le brouillard emplissait la gorge de la rue comme la sienne, quand les parapluies fumants passaient et repassaient, s'entrechoquaient et pirouettaient sur le trottoir, versant leur petite ondée particulière ; quand les gouttières vomissaient leurs bruyantes cascades ; quand de larges gouttes rejaillissaient en ricochets torrentiels des saillies en pierre de l'église jusque sur Toby, et détrempaient en paille boueuse la litière sur laquelle il se tenait debout. Oh ! alors, vous auriez vu Toby tendre le cou et regarder d'un air inquiet ou désolé en dehors de l'angle du mur d'église qui lui servait d'abri : pauvre abri, qui, par un soleil d'été, jetait à peine une ligne d'ombre sur le trottoir. Mais une minute après Toby sortait de sa niche pour se réchauffes par l'exercice, montait et descendait une douzaine de fois, puis rentrait plus vaillant que jamais.

On l'appelait Trotty à cause de son pas qui affectait les mouvements de la vitesse, s'il ne les réalisait pas ; il aurait pu marcher plus vite peut-être ; oui, il le pouvait, mais si vous lui aviez ôté son trot, Trotty se serait mis au lit et serait mort. Ce trot le crottait jusqu'à l'échine en hiver ; ce trot lui causait une véritable fatigue ; Trotty aurait pu adopter une allure infiniment plus aisée, mais c'était une des raisons qui le faisaient y tenir si obstinément. Ce vieillard si faible, si petit, si malingre, c'était un Hercule de bonnes intentions ; il aimait à bien gagner son argent ; il se faisait un plaisir de croire, – Toby était très-pauvre et n'avait aucun plaisir dont il pût volontiers se passer – il se faisait un plaisir de croire qu'il avait sa valeur. Avec une commission ou un petit paquet à la main qui devait lui rapporter un shelling ou un shelling et demi, son courage toujours grand, grandissait encore. Lorsqu'il trottait, il criait aux facteurs qui couraient devant lui : « écartez-vous de mon chemin, » – croyant fermement que, dans le cours naturel des choses, il devait inévitablement les atteindre et les devancer à son tour, comme il avait la confiance parfaite, confiance rarement mise à l'épreuve, de pouvoir porter tout ce qu'un homme a la force de soulever.

Ainsi donc, alors même qu'il sortait de sa niche pour se réchauffer un jour de pluie, Toby trottait, traçant avec ses souliers troués une ligne en zigzag d'empreintes gâcheuses dans la boue, et soufflant sur ses mains glacées en les frottant l'une contre l'autre, car elles étaient pauvrement protégées contre l'air glacial par des mitaines en fil de coton où le pouce avait seul son compartiment, laissant les autres doigts dans une poche commune. Toby trottait, les genoux ployés, sa canne sous le bras, et se détournant de sa route pour regarder le beffroi quand les cloches faisaient retentir leur carillon.

Toby recommençait cette dernière excursion plusieurs fois le jour, car les cloches étaient une société pour lui, et lorsqu'il entendait leur voix, il regardait avec intérêt leur loge aérienne, pensant à l'impulsion qui les mettait en branle et aux marteaux qui frappaient sur leur métal sonore. Peut-être était-il d'autant plus curieux de tout ce qui concernait ces cloches, qu'il y avait certains points de ressemblance entre elles et lui : elles étaient là suspendues par tous les temps, exposées au vent et à la pluie, n'apercevant que le dehors de toutes les maisons, ne s'approchant jamais de la flamme du foyer qui se reflétait sur les carreaux de fenêtres ou s'échappait par les tuyaux de cheminées, exclues de toute participation aux plats savoureux qui passaient sans cesse par les portes des rôtisseurs à celles des cuisines domestiques. À ces fenêtres, se montraient souvent de frais visages, des visages jeunes, des visages gracieux, quelquefois des visages laids, vieux et boudeurs ; mais Toby avait beau réfléchir à ces bagatelles dans l'oisiveté de sa faction continuelle, il n'en savait pas davantage, ni d'où ces visages venaient, ni où ils allaient, ni, lorsque leurs lèvres remuaient, s'il se disait un seul mot bienveillant pour lui dans toute l'année. Non, il n'en savait pas là-dessus plus que les cloches.

Toby n'était pas un casuiste ; il savait cela du moins : non que je veuille dire que lorsqu'il commença à s'attacher aux cloches, faisant peu à peu avec elles une connaissance plus intime, il eût passé par toutes ces ré-flexions une à une, ou qu'il les eût récapitulées toutes solennellement ; ce que je veux dire et ce que je dis se borne à ceci : de même que les fonctions du corps de Toby, ses organes digestifs, par exemple, parve-naient à accomplir par leur propre mécanisme une suite d'opérations dont il ignorait complètement le but et dont la connaissance l'aurait bien éton-né, de même ses facultés mentales, sans qu'il en eût conscience, avaient fait jouer tous leurs rouages et tous leurs secrets ressorts pour produire son amour des cloches. Et si je dis son amour, c'est que je ne trouve pas d'autre terme pour rendre la complication de ses sentiments ; car homme simple comme il était, Toby prêtait un caractère étrange et solennel à ces cloches mystérieuses entendues si souvent sans jamais être vues, placées si haut, si loin, et douées d'une voix si sonore, qu'il les regardait avec une espèce de vénération. Quelquefois, lorsqu'il levait les yeux vers les sombres arceaux de la tour, il s'attendait presque à être appelé par quelque chose qui ne serait pas une cloche, mais qui personnifierait cependant un carillon mélodieux. Aussi Toby repoussait-il avec indignation une rumeur sourde qui accusait les cloches d'être hantées, ce qui aurait pu faire supposer qu'il y avait quelque rapport entre elles et l'esprit du mal. Bref, ces cloches qui charmaient si souvent son oreille et occupaient sa pensée lui inspiraient aussi une estime superstitieuse. Plus d'une fois, à force de lever la tête et de les contempler bouche béante dans leur clocher, il s'était donné un torticolis qu'il ne guérissait qu'au moyen d'une ou deux trottes extraordinaires.

C'était justement ce qu'il était en train de faire par une journée froide, lorsque le dernier coup de midi vint à sonner, semblable au bourdonnement d'une abeille monstrueuse qui aurait parcouru le clocher. « L'heure du dîner, eh ! dit Toby en trottant toujours devant l'église. Ah ! »

Le nez de Toby était rouge ; très-rouges encore étaient ses paupières ; ses yeux clignotaient sans cesse, ses épaules remontaient jusqu'à ses oreilles, ses jambes avaient la raideur de deux baguettes de tambour : évidemment il éprouvait toutes les angoisses du froid. « L'heure du dîner, eh ! » répéta Toby se servant de sa mitaine de la main droite, comme eût fait un enfant d'un petit gant de boxeur pour punir son estomac de s'être aussi laissé refroidir. « Ah ! »

Après quoi il se mit à trotter pendant une minute ou deux silencieusement.

« Ce n'est rien, » dit Toby se parlant encore à lui-même ; mais ici il s'arrêta tout court dans son trot et son soliloque, se tâtant le nez avec un air de vive préoccupation et d'alarme, ce qui fut bientôt fait, vu l'exiguïté de l'organe. « Ma foi, je le croyais parti, dit-il en se remettant à trotter ; allons, tout va bien. Dieu merci ; mais je ne saurais trop que dire s'il partait réellement. Son service n'est pas des plus agréables par cette saison rigoureuse. Et que lui revient-il ? pas grand'chose, – puisque je ne prends pas de tabac ; et par les meilleurs temps, c'est encore une créature bien éprouvée que mon pauvre nez, car lorsqu'il lui arrive par hasard d'aspirer quelque fumet, c'est généralement celui du dîner d'autrui, revenant du four du boulanger. »

Cette réflexion lui rappela l'autre qu'il avait interrompue.

« Il n'y a rien, dit Toby, qui revienne plus régulièrement que l'heure du dîner, et rien de moins régulier que le dîner lui-même ; c'est la grande différence qu'il y a entre les deux. Il m'a fallu assez longtemps pour trouver cela, et je ne sais trop si cette observation savante vaudrait la peine d'être achetée pour être insérée dans les journaux ou soumise au Parlement »

Toby ne voulait faire qu'une plaisanterie, et il secoua bientôt la tête en observateur découragé. « Eh ! mon Dieu, oui, dit-il ; les observations abondent dans les journaux, et le Parlement en a plus qu'il n'en veut. Voici le journal de la semaine dernière. (Ici Toby tira de sa poche une feuille bien sale qu'il ouvrit à la longueur de son bras.) Il est plein d'observations, oui, plein d'observations ! J'aime à savoir les nouvelles comme tout le monde, poursuivit Toby plus lentement, à mesure qu'il repliait le journal pour le remettre dans sa poche ; mais quoi de plus triste maintenant que de lire un journal ! cela m'effraie : je ne sais où nous en sommes, nous autres pauvres gens. Dieu fasse que cela aille un peu mieux pour nous l'année qui vient !

– Eh ! père, père ! » dit une douce voix. Mais Toby, ne l'entendant pas, allait et venait, toujours trottant, toujours rêvant, toujours se parlant à lui-même.

« Il semble que nous ne puissions bien faire ni être ramenés au bien, disait Toby. Je n'ai pas été beaucoup à l'école dans ma jeunesse, et je ne saurais décider si nous avons grand'chose à faire sur la face de la terre. Quelquefois je pense que nous devrions avoir notre petite part, et quelquefois je pense que nous ne sommes que des intrus ; quelquefois enfin je m'embrouille tellement, que je ne saurais dire si nous sommes nés avec quelques bonnes qualités ou tout-à-fait méchants. Nous semblons faire de terribles choses ; nous semblons causer bien de l'inquiétude ; on se plaint toujours de nous ; on se met sans cesse en garde contre nous ; d'une manière ou d'une autre, nous remplissons les papiers publics. Qu'on vienne me parler du nouvel an ! ajouta Toby mélancoliquement. J'en puis endurer autant qu'un autre, et la plupart du temps, beaucoup plus que bien d'autres, car je suis aussi fort qu'un lion, et tous les hommes ne le sont pas. Mais supposer que nous n'avons réellement aucun droit au nouvel an, – supposer que nous sommes réellement des intrus !…

– Eh ! père, père ! » répéta la voix douce.

Toby l'entendit cette fois, tressaillit, s'arrêta, et, raccourcissant son rayon visuel qui se dirigeait au loin dans l'année prochaine, comme pour y chercher quelque encouragement, il se trouva face à face avec sa propre fille, dont ses yeux rencontrèrent les yeux. Et c'étaient de beaux yeux… de ces yeux qui disent tant de choses à la pensée ; des yeux noirs qui réfléchissaient les yeux qui voulaient les sonder ; non de ces yeux qui vous éblouissent par leur éclair, mais de ceux qui brillent d'un éclat calme et clair, pur et doux, émanation de la lumière née dans le ciel ; des yeux qui étaient beaux et vrais ; des yeux radieux d'espérance, d'une espérance jeune et fraîche, vive et ardente, malgré les vingt années de travail et de pauvreté dont ils avaient vu les épreuves. Toby Veck, accoutumé à lire dans ces yeux, comprit tout de suite qu'il y avait quelque chose de nouveau ; il baisa les lèvres qui appartenaient au même visage, et pressa deux joues vermeilles entre ses mains.

« Eh bien, mignonne, dit-il, qu'y a-t-il ? je ne vous attendais pas aujourd'hui, Meg !

– Et moi, je ne m'attendais pas à venir, père, répondit sa fille, hochant la tête et souriant ; mais me voilà, et pas seule, pas seule !

– Qu'entendez-vous donc par là ? remarqua Trotty en regardant curieusement un panier à couvercle qu'elle portait à la main.

– Flairez-le, cher père, dit Meg, flairez-le seulement. »

Trotty allait lever le couvercle ; mais elle opposa gaîment sa main à cette impatience.

« Non, non, dit Meg avec le rire malicieux de l'enfant : pas si vite ; laissez-moi seulement soulever un coin… rien que ce petit, tout petit coin du couvercle, ajouta-t-elle en joignant le geste à la parole, avec la plus charmante douceur et à demi-voix, comme si elle avait eu peur d'être entendue de quelque chose dans le panier… « Là, à présent, qu'est-ce que c'est ? »

Toby renifla aussi vivement que possible en posant le nez sur le coin du panier, et il s'écria avec transport : « Ah ! c'est chaud !

– Oui, très-chaud, père ! ah ! ah ! ah ! c'est brûlant !

– Ah ! ah ! ah ! s'écria Toby en sautant sur un seul pied : c'est brûlant !

– Mais qu'est-ce que c'est, père ? allons, vous ne l'avez pas deviné ? Il faut deviner : je ne tire rien du panier que vous n'ayez dit ce que c'est. Ne vous pressez pas ; attendez un moment : tenez, je soulève encore un peu le couvercle ; devinez-vous maintenant ? »

Meg avait réellement peur qu'il ne devinât trop tôt : elle reculait tout en lui tendant le panier, soulevant un peu ses gracieuses épaules, se mettant une main sur l'oreille comme si elle pouvait arrêter ainsi le mot de l'énigme sur les lèvres de Toby, et continuant à sourire tout le temps.

Cependant Toby, couvrant ses genoux de ses deux mains, inclinait le nez, respirait l'émanation qui s'échappait du panier entr'ouvert, et épanouissait sa figure ridée comme s'il eût reniflé le gaz exhilarant.

« Ah ! dit-il, c'est quelque chose de bien bon ! ce n'est pas… non, ce n'est pas du boudin.

– Non ! non ! non ! cria Meg ravie, rien qui y ressemble.

– Non, dit Toby, après un autre reniflement ; c'est plus moelleux que du boudin : c'est quelque chose de bien bon ! Mais ce n'est pas des pieds de mouton, n'est-ce pas ?

Meg était dans l'extase : Ce n'était pas plus des pieds de mouton que du boudin.

– Du foie ? dit Toby avec un air réfléchi. – Non, c'est plus délicat que du foie. – Des pieds de cochon de lait ? – Non. – Des crêtes de coq ? – Pas davantage. – Ce n'est pas non plus de la saucisse, j'en suis sûr. Ah ! j'y suis : c'est de l'andouillette ! – Non, vous n'y êtes pas encore ; non, s'écria Meg, de plus en plus enchantée.

– À quoi pensais-je, dit enfin Toby, prenant soudain une attitude aussi près que possible de la perpendiculaire : j'oublierai quelque jour mon propre nom : c'est de la tripe ! »

Il avait deviné : c'était de la tripe, et Meg lui dit dans sa joie qu'il pouvait ajouter que c'était la meilleur tripe qu'il eût jamais mangée.

« Maintenant, père, je vais vous mettre la nappe, dit Meg, s'empressant d'ouvrir le panier, car j'ai apporté la tripe dans un plat, et j'ai enveloppé le plat dans un mouchoir de poche : or, je veux faire la fière, moi, étendre le mouchoir comme une nappe, et dire que c'est une nappe. Il n'y a pas de loi qui me le défende, n'est-ce pas, mon père ?

– Non pas que je sache, ma chère amie, répondit Toby, quoiqu'on soit toujours à fabriquer quelque loi nouvelle.

– Et d'après ce que je vous lisais l'autre jour dans le journal, mon père, vous vous souvenez de ce que disait le juge : Nous autres pauvres gens, nous sommes censés connaître toutes les lois. Ah ! ah ! quelle bonne histoire ! Bon Dieu ! bon Dieu ! comme ils nous croient savants !

– Oui, ma chère, s'écria Trotty, ils feraient fête à celui d'entre nous qui les connaîtrait en effet toutes. Comme il s'engraisserait au travail, cet homme-là ! comme il serait choyé des riches bourgeois, ses voisins ! Oh ! oui !

– Et il mangerait son dîner de bon appétit, cet homme-là aussi, n'est-ce pas ? si son dîner avait la bonne odeur de celui-ci, poursuivit Meg gaiement. Allons, dépêchez-vous, car il y a aussi dans le panier une pomme de terre toute chaude et une demi-bouteille de bière.

– Où voulez-vous dîner, père ? sur la borne ou sur le perron de cette maison. Ah ! vraiment, comme nous sommes grandement : deux salles à manger à choisir.

– Le perron, aujourd'hui, ma petite, dit Trotty, – le perron quand il fait sec ; la borne quand il pleut. Le perron est le plus commode en tout temps, parce qu'on peut s'asseoir sur les marches ; mais on y attrape des rhumatismes quand il fait humide.

– En ce cas ici, dit Meg, frappant des mains après un moment de remue-ménage, ici ; tout est prêt : vous êtes servi à point. Venez, père, venez. »

Depuis qu'il avait deviné ce que contenait le panier, Trotty était resté debout à contempler sa fille, avec un air rêveur qui dénotait que quoiqu'elle fût l'objet unique de sa pensée, à l'exclusion même des tripes, il ne la voyait plus telle qu'elle était en ce moment ; mais il avait devant lui quelque tableau imaginaire du drame futur de sa vie. Réveillé enfin par sa joyeuse interpellation, il branla la tête en homme qui chasse de son esprit une idée triste, et trotta vers elle. Au moment où il se baissait pour s'asseoir, les cloches sonnèrent.

« Amen ! dit Trotty ôtant son chapeau et levant les yeux vers le clocher.

– Amen aux cloches, père ? lui demanda Meg.

– Elles ont sonné comme pour dire le Benedicite, ma chère, dit Trotty en s'asseyant, et elles en diraient un bon, j'en suis sûr, si elles le pouvaient. Que de choses bienveillantes elles me disent !

– Les cloches, père ? répliqua Meg, qui se prit à rire en plaçant sur le plat un couteau et une fourchette.

– Oui, les cloches ; je me l'imagine du moins, ma petite, répondit Trotty en avalant de bon appétit. Et où est la différence ? si je les entends, qu'importe qu'elles parlent ou non ? Oui, ma chère, continua-t-il en montrant la tour avec sa fourchette, et s'animant de plus en plus sous l'influence du dîner. Que de fois j'ai entendu ces cloches bourdonner : Toby Veck ! Toby Veck ! bon courage, Toby ! bon courage ! Toby Veck ; Toby ! bon courage, mon ami : un million de fois ? … et plus même.

– Eh bien, moi, jamais, » s'écria Meg.

Elle avait tort de répondre jamais., elle avait, elle aussi, mainte fois

21

entendu parler les cloches, car c'était un sujet sur lequel Toby revenait sans cesse.

« Quand les affaires vont mal, poursuivit Toby, très mal, veux-je dire, aussi mal que possible, alors, c'est : « Toby Veck ! Toby Veck ! une commission viendra bientôt ; Toby Veck ! Toby Veck ! une commission viendra bientôt, Toby ! » comme cela, tiens !

– Et en effet une commission arrive… à la fin, père, dit Meg avec un accent de tristesse dans sa douce voix.

– Toujours ! répondit Toby, sans remarquer cet accent et sans trop réfléchir, toujours ! ça ne manque jamais. »

Pendant ce dialogue, Trotty découpait et mangeait, buvant et mâchant, allant de la pomme de terre aux tripes savoureuses, et des tripes à la pomme de terre, sans pouvoir se rassasier ; mais comme de temps en temps il promenait ses regards dans la rue pour voir si personne ne demandait un commissionnaire, il finit par remarquer Meg, qui, assise en face de lui, les bras croisés, contemplait silencieusement son opération gastronomique avec un sourire de bonheur : – Ah ! Dieu me pardonne, dit Trotty, laissant tomber son couteau et sa fourchette : ma colombe, Meg, pourquoi ne m'avez-vous pas averti ? quelle bête brute je suis !

– Père !

– Quoi ! continua Trotty expliquant son remords, je suis là à me bourrer, à me gorger, et je vous laisse devant moi sans vous demander seulement si vous avez dîné…

– Mais j'ai dîné, père, et bien dîné aussi, répondit sa fille toujours riante.

– Allons donc, reprit Trotty, deux dîners en un jour ! impossible ; autant vaudrait me dire que nous aurons deux jours de l'an à la fois ou que j'ai gardé toute ma vie une pièce d'or sans la changer.

– J'ai dîné, mon père, vous dis-je, répéta Meg en se rapprochant de lui, et pendant que vous continuerez à dîner vous-même, je vous raconterai comment et où… je vous apprendrai comment j'ai pu vous apporter votre propre repas, et… je vous dirai quelque chose encore. »

Toby paraissait toujours incrédule ; mais elle le regarda avec ses yeux limpides, et appuyant la main sur son épaule, lui fit signe de manger pendant que le dîner était encore chaud. Trotty reprit donc son couteau et sa fourchette, puis se remit à l'œuvre, mais moins vite qu'auparavant, et en hochant la tête comme s'il n'était pas content de lui.

« J'ai dîné, mon père, dit Meg après un peu d'hésitation, avec… avec Richard ; il avait avancé son heure, et comme il avait apporté son dîner en venant me voir… nous l'avons partagé ensemble, mon père ! »

Trotty avala quelques gorgées de bière, passa la langue sur ses lèvres, et voyant que sa fille attendait, il fit seulement entendre cette courte exclamation : « Ah ! »

– Et Richard dit, père… reprit Meg sans achever.

– Que dit Richard, Meg ?

– Richard dit, père… Nouvelle pause.

– Richard est bien longtemps à dire cela…

– Il dit donc, père, poursuivit Meg, osant enfin lever les yeux et parler clairement, quoique en tremblant un peu… Il dit qu'une autre année est bien près de finir… et à quoi bon attendre d'année en année lorsqu'il n'est guère probable que nous devenions jamais plus riches ? Il dit que nous sommes pauvres aujourd'hui et que nous le serons encore demain ; mais que nous sommes jeunes à présent, et que les années nous auront vieillis avant que nous nous en apercevions. Il dit que si nous attendons… pauvres gens que nous sommes… de voir plus clair devant nous, c'est dans le chemin commun, le plus étroit de tous, que nous finirons par nous perdre, – celui du cimetière. »

Il aurait fallu être plus hardi que Trotty Veck pour oser nier une vérité si évidente… Trotty ne souffla mot.

« Et quels regrets, mon père, de se laisser devenir vieux et de mourir sans nous être entr'aidés et consolés l'un l'autre ! Quel malheur de s'aimer toute la vie et de se chagriner chacun à part tout en vieillissant ! Et quand bien même je prendrais le dessus et j'oublierais Richard (ce qui est impossible), ah ! mon bon père, n'est il pas dur d'avoir le cœur plein comme je l'ai maintenant et de le laisser se dessécher goutte à goutte, sans avoir le souvenir d'un seul moment de bonheur, pour me consoler et me rendre meilleure ? »

Trotty gardait encore le silence. Meg essuya ses larmes et ajouta d'un ton plus gai, c'est-à-dire en mêlant le sourire aux soupirs : « Ainsi donc, Richard dit, mon père, qu'ayant eu hier de l'ouvrage assuré pour quelque temps et sachant que je l'aime depuis trois années (et depuis plus longtemps même, s'il le savait…) il faut que je l'épouse le jour de l'an, le plus heureux jour, dit-il, de toute l'année, un jour qui porte bonheur presque toujours. C'est vous prévenir bien peu de temps à l'avance, père, n'est-ce pas ? Mais je n'ai pas de dot à régler, ni de robes de noces à faire faire comme les grandes dames, n'est-ce pas vrai ? Voilà ce qu'a dit Richard et ce qu'il a dit à sa façon, mais si sérieusement, si tendrement, que j'ai promis de venir en causer avec vous, mon père. Or comme on m'a payé ce matin mon ouvrage de l'autre semaine, et comme vous n'avez pas fait très-bonne chère ces temps-ci, j'ai voulu que ce jour fût une sorte de jour de fête pour vous comme c'est un jour de bonheur pour moi, mon père ; je vous ai donc préparé ce petit régal et je vous l'ai apporté afin de vous surprendre.

– Et voyez comme il le laisse refroidir sur les marches, » dit ici une autre voix. C'était la voix de ce même Richard survenu sans être observé, se montrant tout-à-coup devant le père et la fille, qu'il regardait avec un visage aussi rouge que le fer sur lequel il frappait journellement son marteau de forgeron. C'était un jeune homme, beau, bien fait, robuste, avec des yeux qui brillaient comme des étincelles échappées de la fournaise, avec des cheveux noirs qui frisaient autour de ses tempes et avec un sourire… un sourire qui exprimait le plaisir que lui faisait l'éloge de son style de conversation dans la bouche de Meg.

– Voyez comme il le laisse refroidir sur les marches, dit Richard ; Meg ne sait donc pas ce qu'il aime, elle, sa fille !

Trotty, tout action et enthousiasme, tendit immédiatement la main à Richard, et il allait lui répondre vivement, lorsque s'ouvrit tout-à-coup la porte du perron où il se trouvait, et sans crier gare, un laquais faillit mettre le pied dans le plat :

« Éloignez-vous donc d'ici. Eh ! serez-vous toujours assis sur nos marches, dites donc ? ne pouvez-vous aller faire une petite station aux portes des voisins ? Voyons, voulez-vous vider la place, oui ou non ? »

À parler vrai, la dernière question était de trop, car la place était déjà vide.

« Qu'est-ce que c'est, qu'est-ce que c'est ? » demanda le monsieur pour qui la porte avait été ouverte, et qui sortait de ce pas à la fois leste et pesant, ce juste milieu entre la marche et le petit trot, que doit prendre, pour sortir de sa maison, tout bourgeois qui, déjà sur le retour, porte des bottes neuves, une chaîne de montre et du linge blanc. Celui-ci avait non-seulement le calme de sa dignité personnelle, mais encore l'expression que donnent des relations riches et importantes. « Qu'est-ce que c'est ? répétait-il.

– Il faudra donc toujours vous prier, vous supplier, vous conjurer à genoux de vous retirer de nos marches, dit le laquais à Trotty Veck, avec beaucoup d'emphase. Pourquoi ne pas stationner ailleurs ? ne pouvez-vous stationner ailleurs ?

– Là, là ! c'est bien ! c'est bien ! dit le monsieur. Holà ! eh ! commissionnaire !… faisant un signe de tête à Trotty Veck : venez ici. Qu'est-ce que c'est que cela ? votre dîner ?

– Oui, monsieur, répondit Trotty en laissant le plat dans un coin, derrière lui.

– Ne le laissez pas là, s'écria le monsieur ; apportez-le ici, ici. Bien ; c'est votre dîner, hé ?

– Oui, monsieur, » répéta Trotty, regardant d'un œil fixe et les lèvres humides, le morceau de tripes qu'il avait réservé pour la bonne bouche, et que le monsieur était occupé à retourner avec les dents de la fourchette.

Deux autres messieurs étaient sortis avec lui de la maison. L'un était un homme de moyen âge, à l'air abattu, triste, au costume peu étoffé et mal brossé, qui tenait les mains plongées dans les larges goussets rabattus d'un étroit pantalon gris. L'autre était un monsieur mieux conditionné, plus mince, mais de bonne mine, avec un habit bleu à boutons de métal et une cravate blanche. Ce monsieur avait le teint ardent, comme si le sang se portait à sa tête dans des proportions inégales, ce qui expliquait peut-être aussi pourquoi il paraissait avoir froid à la région du cœur.

Celui qui tenait la fourchette appela le premier des deux autres du nom de Filer, et ils s'approchèrent tous les deux. M. Filer étant myope fut obligé de mettre le nez sur le reste du dîner de Toby avant de pouvoir reconnaître ce que c'était : Toby trembla, son cœur bondit ; mais M. Filer ne mangea pas.

« C'est un mets de chair animale, alderman, dit Filer en piquant le morceau de tripe avec un porte-crayon, un mets connu de la classe ouvrière de ce pays, sous le nom de tripes. »

L'alderman sourit et cligna de l'œil, car c'était un homme très-gai, l'alderman Cute. Oui, et un homme sagace, un homme habile, au courant de tout, qu'on ne trompait pas, qui savait lire dans le cœur des gens et qui connaissait son monde, certes…

« Mais qui mange de la tripe ? poursuivit Filer, promenant son regard autour de lui. La tripe est sans contredit le moins économique de tous les articles de consommation que puissent produire les marchés de ce pays, celui qui donne le plus de déchet. La perte sur une livre de tripes qu'on fait bouillir, s'est trouvée être des sept huitièmes d'un cinquième plus considérable que la perte que fait supporter toute autre substance animale. La tripe est plus dispendieuse, proportionnellement, que l'ananas de serre chaude. Si on tient compte du nombre d'animaux abattus annuellement, et si on estime au plus bas la quantité de tripes que donneraient les carcasses de ces animaux expédiés raisonnablement par la boucherie, on trouve que le déchet sur cette quantité de tripes soumises à la cuisson, approvisionnerait une garnison de cinq cents hommes pendant cinq mois de trente et un jours, plus le mois de février. Quelle perte ! quelle perte ! »

À ces mots, Trotty, l'air effaré, chancelant sur ses jambes, avait l'air d'un homme qui aurait de sa propre main affamé une garnison de cinq cents hommes.

« Qui mange des tripes ? répéta M. Filer avec chaleur, qui mange des tripes ? »

Trotty salua avec une mine misérable.

« C'est vous ! vous ? dit M. Filer. Alors je vous apprendrai quelque chose. Vous arrachez votre plat de tripes, mon ami, de la bouche des veuves et des orphelins.

– J'espère que non, monsieur, dit Trotty d'un ton dolent ; j'aimerais mieux mourir de faim.

– Divisez le montant de tripes ci-dessus, alderman, continua M. Filer, par le chiffre moyen des veuves et des orphelins existants : le résultat sera un sou de tripes pour chacun ; il n'en restera pas un seul atome pour cet homme : par conséquent cet homme est un voleur. »

Trotty fut si ému qu'il vit sans regret l'alderman achever la tripe lui-même : ce lui était une consolation d'en être débarrassé, n'importe comment.

« Et que dites-vous ? demanda l'alderman avec son air joyeux, en s'adoucissant, au monsieur qui avait la figure rouge et l'habit bleu. Vous avez entendu Filer ; que dites-vous ?

– Que peut-on dire, répondit l'autre ; que peut-on dire ? qui peut prendre intérêt à un homme comme celui-là (désignant Trotty), dans des temps dégénérés comme le nôtre ? Regardez-le, quel objet ! Ah ! le bon vieux temps, le grand vieux temps, le noble vieux temps ! C'était là le temps pour une robuste race des paysans… le temps pour tout. Oui, c'était le temps pour toute espèce de choses ; dans le fait, il n'y a plus rien aujourd'hui. Ah ! s'écria-t-il en soupirant, le bon vieux temps, le bon vieux temps ! »

Le monsieur ne spécifia pas à quel siècle particulier il faisait allusion ; ne disant pas non plus si en faisant tant d'objections contre le siècle présent, il parlait avec la conscience désintéressée d'un homme qui reconnaissait que ce siècle n'avait rien fait de remarquable en le produisant lui-même.

« Le bon vieux temps, le bon vieux temps, répéta le monsieur, quel temps c'était ! c'était le vrai temps, le seul. À quoi sert de parler d'un autre temps ou de discuter ce qu'est le peuple dans ce temps-ci ? Ce n'est pas un temps que le nôtre. Qu'en dites-vous ? je dis non, moi. Regardez le recueil des costumes anglais de Strutt, et voyez ce qu'était un commissionnaire sous le règne de n'importe quel roi du bon vieux temps. Le plus heureux…

– Il n'avait pas, répondit M. Filer, non, il n'avait pas une chemise sur le dos ni un bas aux pieds ; aucun légume ne sortait de terre pour lui qu'il pût mettre sous la dent. Je puis le prouver par des tableaux statistiques. »

Malgré cette réplique, le monsieur à la figure rouge continua de vanter le bon vieux temps, le grand, le noble vieux temps. Sans s'inquiéter de ce qu'on pouvait dire, il allait toujours tournant et retournant dans un cercle de phrases, comme le pauvre écureuil tourne et retourne dans sa cage : l'animal ayant sur le mécanisme de sa roue mobile des perceptions tout aussi distinctes que le monsieur sur son âge d'or défunt.

Il est possible que le pauvre Trotty eût encore un reste de foi dans le vague vieux temps, car il se sentit dans le vague en ce moment. Une chose lui paraissait claire au milieu de sa détresse, à savoir, que, quel que fût le désaccord de ces messieurs dans les détails, ses propres pressentiments de ce matin n'étaient que trop bien fondés : » Non, non, nous ne pouvons aller droit, ni faire bien, pensait Trotty avec désespoir ! Il n'y a rien de bon en nous : nous sommes nés méchants. »

Mais Trotty avait un cœur de père qui protestait secrètement contre cette sentence, et il lui faisait peine d'exposer Meg, encore sous la douce impression de son court bonheur, à s'entendre prédire son avenir par ces sages messieurs. « Dieu la préserve, pensait le pauvre Toby : elle le connaîtra bien assez tôt. »

Il fit donc signe au jeune forgeron d'emmener Meg. Mais Richard était si absorbé par le plaisir de son tête-à-tête que le signe de l'inquiet Toby ne lui parvint qu'en parvenant à l'alderman Cute. Or, l'alderman n'avait pas encore eu son tour, et il était philosophe aussi lui, philosophe pratique de plus ; oh ! oui, très-pratique : et comme il n'entendait nullement perdre un seul auditeur, il s'écria : « Arrêtez ! »

« Vous savez, dit l'alderman, s'adressant à ses deux amis avec ce sourire de contentement qui lui était habituel, vous savez que je suis un homme tout rond et un homme pratique, que j'agis en homme tout rond et en homme pratique. C'est ma manière. Il n'y a rien de plus simple et de plus facile que d'avoir affaire à ces gens-ci, et vous les comprenez bien si vous leur parlez leur propre langue. Vous allez voir : Commissionnaire, n'allez pas nous dire, ni à moi ni à personne, que vous n'avez pas toujours de quoi manger et de ce qu'il y a de meilleur, parce que je le sais mieux que vous. J'ai goûté de votre tripe, vous le savez, et vous ne pouvez me flouer. Vous comprenez ce que flouer veut dire. Eh ! c'est le mot, n'est-ce pas ? Ah ! ah ! ah ! Dieu merci, ajouta l'alderman en se retournant vers ses amis, c'est la chose la plus aisée du monde d'avoir affaire à ces gens-là si vous les comprenez. »

Fameux homme pour le peuple que l'aldermann Cute ! Jamais de mauvaise humeur avec le peuple ! Homme affable, plaisant et perspicace !

« Vous voyez, mon ami, poursuivit l'alderman, on dit beaucoup de niaiseries à propos de la misère. « Manger de la vache enragée ! » c'est le mot, n'est-ce pas ? Ah ! ah ! ah ! je prétends supprimer la misère, moi. On a mis en circulation un certain nombre de phrases hypocrites sur la faim, et je veux supprimer la faim aussi, moi. Voilà tout. Dieu vous bénisse ! continua l'alderman, se tournant encore vers ses amis ; vous pouvez supprimer tout ce que vous voudrez parmi ces gens-là, si vous savez seulement vous y prendre. »

Trotty saisit la main de Meg et la passa sous son bras, en ayant l'air de ne pas trop savoir ce qu'il faisait.

« C'est votre fille, hé ! dit l'alderman en lui donnant une petite tape familière sous le menton.

Toujours affable avec la classe ouvrière, l'alderman Cute, et connaissant ce qui lui faisait plaisir. Pas fier du tout !

« Où est sa mère ?

– Morte, répondit Toby. Sa mère était ouvrière en linge, et elle fut rappelée au ciel lorsqu'elle la mit au monde.

– Elle n'est plus ouvrière en linge là-haut, je suppose, » remarqua plaisamment l'alderman.

Je ne sais si Toby en voyant sa femme dans le ciel voyait toujours en elle la pauvre ouvrière. Mais une question : si Mrs Cute, l'honorable épouse de l'alderman, était allée au ciel, M. l'alderman Cute l'y aurait-il représentée comme exerçant un état ou y tenant un rang quelconque ?

« Et vous êtes son amoureux, n'est-ce pas ? demanda Cute au jeune forgeron.

– Oui, répondit Richard, surpris par cet interrogatoire, et nous allons nous marier le jour de l'an.

– Que voulez-vous dire ? s'écria Filer d'un ton aigre, vous marier !

– Oui, sans doute, nous y pensons, monsieur, dit Richard ; nous nous pressons, voyez-vous, de peur que l'on supprime aussi le mariage.

– Ah ! reprit Filer avec un gros soupir. Supprimez cela, en effet, alderman, et vous ferez quelque chose de bien. Se marier ! se marier ! L'ignorance des premiers principes de l'économie politique chez ces gens-là, leur imprévoyance, leur immoralité, suffiraient, par le ciel, pour… Mais regardez donc ce couple, regardez-le ! »

Ma foi, Richard et Meg valaient bien la peine qu'on les regardât, en effet ! et jamais couple ne fut mieux assorti pour le mariage.

« Un homme vivrait jusqu'à l'âge de Mathusalem, dit M. Filer, il travaillerait toute sa vie pour le bien-être de ces gens-là, il entasserait faits sur chiffres et chiffres sur faits, il en entasserait des montagnes, qu'il lui faudrait encore désespérer de leur persuader qu'ils n'avaient que faire de naître et venir au monde. C'est cependant une vérité : il y a longtemps que nous l'avons réduite à une certitude mathématique. »

L'alderman Cute s'amusait extrêmement, et posant l'index de sa main droite sur une de ses narines, il sembla dire à ses deux amis : Observez-moi maintenant, ayez l'œil sur l'homme-pratique ; puis appelant Meg :

« Approchez ici, ma fille, » dit l'alderman Cute.

Depuis quelques minutes, le sang de Richard lui montait à la tête ; s'il eût osé, il eût dit à Meg : N'approchez pas ; mais il se contint et se contenta de se placer près d'elle. Trotty pressait encore la main de sa fille sous son bras ; mais, à l'égarement de ses yeux, on eût dit qu'il faisait un rêve.

« Maintenant, je vais vous donner un mot ou deux de bon conseil, dit l'alderman avec son ton d'aisance affable ; c'est mon métier de conseiller, vous savez, parce que je suis juge de paix. Vous savez que je suis juge de paix, n'est-ce pas ?

– Oui, » répondit Meg timidement. Mais tout le monde savait que l'alderman Cute était juge de paix. Un actif juge de paix comme lui ! il était impossible qu'il échappât à l'attention du public, lui, l'astre de cette brillante constellation.

« Vous allez vous marier, dites-vous, poursuivit l'alderman ; c'est chose très-inconvenante et indélicate de la part d'une personne de votre sexe. Mais n'importe. Après que vous serez mariée, vous vous querellerez avec votre mari, et deviendrez malheureuse. Vous pouvez penser le contraire : mais cela sera, puisque je vous le dis. Or, je vous avertis charitablement que j'ai résolu de supprimer les femmes malheureuses. Arrangez-vous pour ne pas être amenée devant moi. Vous aurez des enfants… des garçons. Ces enfants deviendront de mauvais sujets tout naturellement, et ils iront courir les rues souliers et sans bas. Écoutez bien, ma jeune amie ! Je les condamnerai sommairement tous, sans exception, parce que je suis déterminé à supprimer les petits garçons sans souliers et sans bas. Peut-être votre mari mourra jeune (très-probablement), et vous laissera avec un petit orphelin ; vous serez alors mise à la porte de votre grenier, et vous irez vagabonder dans les rues. Ne venez pas errer devant ma maison, ma chère, car je suis résolu à supprimer toutes les mères vagabondes, et de plus toutes les jeunes mères de toute sorte, voyez-vous. Ne songez pas à m'opposer la maladie ou de petits orphelins pour excuse ; cela ne vous réussira pas avec moi, car je suis déterminé, vous dis-je, à supprimer toutes les femmes malades et tous les petits orphelins (vous connaissez le texte des offices de l'Église, ou plutôt vous l'ignorez, j'en ai peur), et si vous essayez, frauduleusement, par désespoir, par ingratitude, par impiété, à vous noyer ou à vous pendre, je n'aurai aucune pitié de vous, car j'ai résolu de supprimer toute espèce de suicides. S'il est une chose, répéta l'alderman avec son sourire de satisfaction intime, s'il est une chose sur laquelle j'ai pris une résolution bien arrêtée, c'est de supprimer le suicide. N'essayez donc pas de vous y frotter… c'est le mot, n'est-ce pas ? Ah ! ah ! maintenant, nous nous comprenons bien. »

Toby ne savait pas s'il devait s'attrister ou se réjouir en voyant que Meg avait pâli et quitté la main de son fiancé.

« Quant à vous, jeune bouledogue, dit l'alderman en se tournant avec gaîté et urbanité vers le forgeron, à quoi pensez-vous de vous marier ? qu'avez-vous besoin de vous marier, pauvre fou ? Si j'étais un beau et robuste garçon comme vous, je serais honteux d'être assez soupe au lait pour m'attacher aux cordons du tablier d'une femme. Eh ! elle sera une vieille femme avant que vous ayez trente ans, et vous ferez une jolie figure quand vous traînerez partout à vos trousses une femme épuisée et une peuplade d'enfants criards. »

Ah ! il savait goguenarder les pauvres gens, le digne alderman Cute !

« Allons, partez, et repentez-vous, continua-t-il ; ne soyez pas assez imbécile pour vous marier le jour de l'an. Vous aurez une toute autre idée de la chose longtemps avant Noël prochain. Un joli garçon comme vous que toutes les filles appellent de l'œil… allez, allez, mon garçon. »

Ils s'en allèrent, non plus en se donnant le bras ni en se prenant la main, ou échangeant de brillants regards, mais elle tout en larmes, lui sombre et la tête basse. Étaient-ce bien là ces deux cœurs qui avaient fait tressaillir de bonheur celui de Toby ? non, non. L'alderman (béni soit-il !).les avait supprimés, « Puisque vous êtes là, dit l'alderman à Toby, vous me porterez une lettre, Allez-vous lestement ? vous êtes vieux ? » Toby qui, d'un air stupide, regardait Meg s'en aller, essaya de murmurer qu'il était très-leste et très-fort.

« Quel âge avez-vous ? demanda l'alderman.

– Un peu plus de soixante ans, répondit Toby.

– Ah ! cet homme a passé de beaucoup la moyenne de la vie, s'écria M. Filer, qui éclatait comme un homme prêt à mettre sa patience à une nouvelle épreuve ; mais réellement c'était un peu trop fort.

– Je sens que je suis un intrus, monsieur, dit Toby… j'en doutais encore ce matin, ah ! mon Dieu ! »

L'alderman l'interrompit en lui remettant la lettre, et il allait lui donner aussi un shelling ; mais M. Filer lui démontrant qu'il ferait tort à un certain nombre de personnes de dix-huit pence et demie, Toby n'eut que six pence au lieu de douze, et il se crut bien heureux encore de les avoir.

Alors l'alderman prit ses deux amis sous le bras et s'éloigna d'un air triomphant ; mais tout-à-coup revenant sur ses pas, comme s'il avait oublié quelque chose :

« Commissionnaire ! s'écria-t-il.

– Monsieur ! dit Toby.

– Ayez l'œil sur votre fille ; elle est beaucoup trop jolie.

– Allons, pensa Toby en regardant le demi-shelling dans sa main et pensant à la tripe : je parie que sa bonne mine aura été volée à quelqu'un et qu'elle fait tort à cinq cents dames de je ne sais quelle part de fraîcheur… c'est terrible !

– Elle est beaucoup trop jolie, mon brave homme, répéta l'alderman ; toutes les chances sont contre sa sagesse. Retenez bien ce que je dis, ayez l'œil sur elle, ou elle finira mal. » Cela dit, l'alderman s'éloigna tout-à-coup.

« Rien de bon, bon à rien ! s'écria Toby en joignant les mains. Né mauvais, je n'avais que faire ici-bas. »

Les cloches carillonnèrent sur sa tête comme il prononçait ces mots ; elles carillonnèrent à pleines volées, mais sans qu'il entendît aucun encouragement dans leur voix sonore, – aucun.

« L'air n'est plus le même, s'écria le pauvre Toby en écoutant. Pas un mot de consolation. – Non, et pourquoi en effet m'en adresseraient-elles ? qu'y a-t-il pour moi dans l'année qui finit et dans celle qui commence ? Je ferais mieux de mourir. »

Cependant les cloches continuaient de carillonner et semblaient dire ; « Supprimez-les, supprimez-les ! le bon vieux temps, le bon vieux temps ! faits et chiffres, faits et chiffres ! supprimez-les, supprimez-les ! » Voilà ce qu'elles disaient ou rien : aussi Toby en eut le vertige. Il pressa sa tête entre ses mains comme pour l'empêcher d'éclater. Geste bien opportun, car, trouvant la lettre entre ses doigts, et rappelé ainsi au souvenir de sa commission, il se mit en marche mécaniquement et trotta selon sa coutume.

SECOND QUART.

La lettre que Toby avait reçue de l'alderman Cute était adressée à un grand personnage, dans le grand quartier de la ville, le plus grand quartier de la ville. Ce devait être le plus grand quartier de la ville, puisqu'il est communément appelé le Monde par ses habitants.

La lettre parut positivement plus lourde qu'une autre à Toby ; non parce que l'alderman l'avait scellée d'un large cachet armorié avec une cire sans fin, mais à cause du nom imposant de la suscription, et du montant énorme d'or et d'argent qu'il semblait exprimer. « Quelle différence avec nous ! pensa Toby dans sa simplicité, en contemplant l'adresse. Divisez les tortues destinées aux dîners des riches par le nombre de ceux qui peuvent les acheter, aucun des acheteurs ne dérobe la part de personne ! Ce n'est pas un riche qui arracherait les tripes de la bouche des autres. Oh ! non ! »

Par suite de l'hommage involontaire dû à un si haut personnage, Toby introduisit un coin de son tablier entre la lettre et ses doigts.

« Ses enfants, continua Toby avec une larme dans l'œil ; ses filles… de beaux messieurs peuvent séduire leurs cœurs et les épouser ; elles peuvent être heureuses femmes, heureuses mères ; elles peuvent être jolies comme ma bien-aimée M – e –. »

Il ne put finir son nom, la lettre finale lui resta dans la gorge, plus grosse que tout l'alphabet.

« N'importe, pensa Trotty, je sais ce que je veux dire, cela me suffit à moi… » et avec cette réflexion consolante, il continua à trotter.

Il faisait un froid très-sévère ; l'air était piquant, âpre ; le soleil de l'hiver, quoique sans chaleur, brillait sur la glace, trop faible pour la fondre, et ses reflets étaient radieux. En d'autres temps, Trotty aurait pu apprendre du soleil d'hiver la leçon du pauvre, mais ce n'était pas le moment.

L'année était vieille ce jour-là. La patiente année avait traversé les reproches et les calomnies, achevant fidèlement sa carrière. Elle avait traversé le printemps, l'été, l'automne et l'hiver. Contente d'avoir fait le tour du cercle, elle courbait sa tête fatiguée pour mourir. Sans espoir, sans impulsion vive, sans bonheur actif pour elle-même, mais messagère de maintes fêtes pour les autres, elle ne demandait qu'un souvenir à son déclin et se résignait à mourir en paix. Trotty aurait pu lire l'allégorie du pauvre dans l'année mourante, mais ce n'était pas le moment.

Et, était-il le seul ? ou serait-il vrai que son histoire serait celle de tout Anglais de la classe ouvrière depuis soixante-dix ans ?

Les rues étaient pleines de mouvement, et les boutiques élégamment décorées. Le nouvel an, comme l'héritier enfant de l'univers, était attendu avec des sourires, des présents et des réjouissances. Il y avait des livres et des joujoux pour le nouvel an, des parures pour le nouvel an, des joyaux étincelants pour le nouvel an, des plans de fortune pour le nouvel an, et toutes sortes d'inventions nouvelles pour l'amuser. Son existence était découpée en almanachs et en portefeuilles ; l'époque de ses lunes, de ses astres, de ses marées, était connue d'avance ; toutes les vicissitudes de ses saisons, pendant la nuit et le jour, étaient calculées avec autant de précision que les chiffres statistiques de M. Filer.

Le nouvel an, le nouvel an, partout le nouvel an ! La vieille année était déjà regardée comme morte, et ses effets se vendaient à bas prix, comme ceux d'un matelot noyé. Ses modes étaient celles de l'année dernière, et l'on s'en défaisait au rabais avant qu'elle fût expirée. Ses trésors n'étaient plus que de la boue à côté des richesses de son successeur encore à naître.

Trotty n'avait aucune part à réclamer, selon lui, dans le nouvel an ni dans la vieille année.

« Supprimez, supprimez ! – faits et chiffres, faits et chiffres ! – le bon vieux temps, le bon vieux temps ! – supprimez, supprimez ! … « C'était sur cet air qu'il mesurait son trot, sans pouvoir en trouver d'autres. Mais enfin ce trot-là, même sur cet air mélancolique, le conduisit au terme de sa course – à la maison de sir Joseph Bowley, membre du Parlement.

La porte fut ouverte par un concierge. Quel concierge ! Non pas de la classe de Toby. C'était là un concierge ! Pauvre Toby !

Ce concierge eut besoin de reprendre haleine avant de pouvoir parler, s'étant essoufflé à quitter son fauteuil étourdiment pour aller ouvrir, au lieu de se donner le temps d'y penser. Lorsqu'il eut retrouvé la parole, – ce qui lui coûta quelques minutes, car elle était descendue au fond de son estomac depuis son dîner, – il demanda à demi-voix : « De la part de qui ? »

Toby le lui dit.

« Vous devez remettre la lettre vous-même, dit le concierge, lui montrant du doigt une porte à l'extrémité d'un long corridor. Tout le monde entre directement ce jour de l'année ; vous n'êtes pas arrivé trop tôt ; la voiture est devant la maison, et on est venu exprès en ville pour une couple d'heures. »

Toby essuya avec soin ses pieds (qui étaient déjà. secs), et prit le corridor indiqué, remarquant, chemin faisant, qu'il était dans une très-grande maison, mais avec tous les meubles couverts comme si les maîtres habitaient la campagne. Il frappa à la porte : « Entrez ! » lui cria-t-on du dedans, et, étant entré, il se trouva dans une vaste bibliothèque, où, à une table jonchée de papiers, était assise une imposante dame, en chapeau, avec un monsieur en noir, moins imposant, qui écrivait sous sa dictée, tandis qu'un autre, plus vieux et plus imposant, dont le chapeau et la canne étaient déposés sur la table, se promenait de long en large, une main dans son gilet, regardant de temps en temps avec complaisance son portrait, – son portrait en pied, – suspendu au-dessus de la cheminée.

– Qu'est-ce que c'est ? dit ce dernier monsieur ; voudriez-vous, monsieur Fish, avoir la bonté de faire attention ?

M. Fish demanda pardon, et prenant la lettre des mains de Toby la présenta lui-même avec beaucoup de respect : « C'est de l'alderman Cute, sir Joseph.

– Est-ce tout ? avez-vous un autre message, commissionnaire ? »

Toby répondit à sir Joseph négativement.

« Vous n'avez aucun billet, aucun mandat sur moi, poursuivit sir Joseph. Mon nom est Bowley, sir Joseph Bowley !… aucun effet au nom de personne. Si vous avez quelque chose de ce genre, présentez-le. Il y a là un registre à côté de monsieur Fisch. Je ne souffre pas qu'on transporte aucun compte d'une année à l'autre : toute espèce de mémoire se règle dans cette maison à la fin de chaque année, de sorte que si la mort devait… devait…

– Couper, souffla M. Fish.

– Trancher – reprit sir Joseph avec beaucoup de raideur – le fil de mon existence, mes affaires se trouveraient, j'espère, en ordre.

– Mon cher sir Joseph, s'écria la dame, qui était beaucoup plus jeune que le monsieur…, quelle triste supposition !

– Milady Bowley, répondit sir Joseph, bégayant de temps en temps comme un homme qui se perd dans la profondeur de ses observations, à cette époque de l'année, nous devons nous occuper de… nous-mêmes, nous devons examiner nos… nos comptes. Nous devons nous dire que chaque retour d'une période aussi importante dans le cours des transactions humaines appelle un règlement sérieux entre nous et… notre banquier. »

Sir Joseph prononça ces paroles comme s'il comprenait toute la moralité de ce qu'il disait, jaloux que Trotty lui-même eût l'occasion de faire son profit d'un pareil entretien. Peut-être était-ce son but en ne se pressant pas d'ouvrir la lettre et en disant à Trotty d'attendre une minute.

« Vous aviez prié M. Fish de dire, milady… remarqua sir Joseph.

– M. Fish l'a dit, je crois, reprit milady Bowley en jetant un coup-d'œil sur la lettre : mais sur mon âme, sir Joseph, je ne pense pas pouvoir le faire ; après tout, c'est trop cher.

– Qu'est-ce qui est cher ? demanda sir Joseph.

– Cette institution de charité, mon ami ; on n'accorde que deux votes pour une souscription de cinq livres sterling. C'est réellement monstrueux.

– Milady Bowley, reprit sir Joseph, vous m'étonnez. Le bonheur de la sensibilité est-il en proportion du nombre de votes ? ou, pour un esprit bien fait, en proportion du nombre des nécessiteux ? N'est-ce donc pas une jouissance des plus pures que d'avoir à disposer de deux votes parmi cinquante personnes ?

– Pas pour moi, j'en conviens, répondit la dame ; c'est un ennui. D'ailleurs on ne peut obliger ses connaissances. Mais vous êtes l'ami du pauvre, vous savez, sir Joseph, et vous pensez autrement.

– Je suis l'ami du pauvre ! répéta sir Joseph en regardant le pauvre homme là présent. Je puis être tympanisé en cette qualité. Je l'ai été, mais je ne veux pas d'autre titre.

– Ah ! voilà un noble monsieur, pensa Trotty.

– Je ne suis pas d'accord, par exemple, avec Cute, continua sir Joseph en montrant la lettre : je ne suis pas d'accord avec Filer et sa coterie. Je ne suis d'accord avec aucune coterie. Mon ami le Pauvre n'a rien à faire avec toutes ces choses, et aucune de ces choses n'a rien à faire avec lui. Mon ami le Pauvre, dans mon quartier, est mon affaire à moi. Aucun homme ni aucune société d'hommes n'ont le droit d'intervenir entre mon ami et moi. C'est sur ce terrain que je me place. Je prends un… un rôle paternel à l'égard de mon ami. Je lui dis : Mon ami, je vous traiterai paternellement. »

Toby écoutait sérieusement et commençait à se sentir plus heureux.

« Votre unique affaire, mon brave homme, reprit sir Joseph, regardant Toby comme le représentant de son abstraction, vous n'avez plus dans la vie à faire qu'à moi. Vous n'avez besoin de penser à rien. Je penserai pour vous ; je sais ce qu'il vous faut ; je suis votre père perpétuel. Tel est le décret de la sagesse providentielle. Or, le but de votre création est celui-ci : non pas de vous goinfrer, de chercher des jouissances brutales dans la gourmandise (Toby se souvint des tripes avec remords), mais de comprendre la dignité du travail ; allez, la tête haute, respirer l'air vivifiant du matin et… arrêtez-vous là ! travaillez et soyez sobre, soyez respectueux, exercez-vous à l'abnégation, élevez votre famille avec peu de chose, payez votre loyer, ayez la régularité d'une horloge, soyez ponctuel dans vos affaires (je vous donne un bon exemple ; vous trouverez toujours M. Fish, mon secrétaire intime, avec une caisse pleine devant lui), et vous pouvez compter sur moi pour être votre ami et votre père.

– Charmants enfants, en vérité, sir Joseph, dit la dame avec une grimace de dégoût… des enfants qui ont des rhumatismes, des fièvres, des jambes torses, des asthmes et toutes sortes d'horreurs.

– Milady, répliqua sir Joseph d'un ton solennel, je n'en serai pas moins l'ami et le père du Pauvre. Il n'en recevra pas moins mes encouragements. Tous les trimestres il n'en sera pas moins mis en communication avec M. Fish. À chaque nouvel an, moi et mes amis nous boirons à sa santé. Une fois tous les ans mes amis et moi nous lui ferons une bienveillante exhortation. Une fois dans sa vie il pourra même recevoir publiquement, en présence de la classe aisée, une bagatelle d'un ami, et lorsque n'étant plus soutenu par ces stimulants ni par la dignité du travail, il descendra dans son confortable cercueil, alors, milady (ici sir Joseph se moucha) je serai un ami et un père, aux mêmes conditions, pour ses enfants. »

Toby était vivement ému.

« Oh ! vous avez une famille reconnaissante, sir Joseph ! s'écria lady Bowley.

– Milady, répliqua sir Joseph avec une véritable majesté, on sait que l'ingratitude est le vice de cette classe. Je n'espère pas d'autre retour.

– Ah ! nés mauvais, pensa Toby, rien ne peut nous rendre meilleurs.

– Ce qu'un homme peut faire je le fais, poursuivit Joseph. Je fais mon devoir comme ami et père du pauvre. Je m'efforce d'élever son âme en lui inculquant dans toutes les occasions l'unique grande leçon morale que cette classe exige, c'est-à-dire la nécessité de dépendre de moi. Le Pauvre n'a que faire de s'occuper de lui-même. Si des malveillants lui disent le contraire, et s'il devient impatient, mécontent, insubordonné, ingrat, ce qui arrive toujours, je demeure son ami et son père. C'est ordonné ainsi ; c'est dans la nature des choses. »

Après cette noble déclaration de sentiments, sir Joseph ouvrit la lettre de l'alderman et la lut :

« Très-poli et très-aimable, certainement, s'écria sir Joseph. Milady, l'alderman a l'obligeance de me rappeler qu'il a eu l'honneur distingué (il est bien bon) de me rencontrer chez notre ami commun Deadles, le banquier, et il me fait la faveur de me demander s'il me sera agréable de supprimer Will Fern.

– Très-agréable, répondit Milady Bowley. « Le pire de tous ces gens-là ! » Il aura commis quelque vol, j'espère ?

– Non, dit sir Joseph s'en référant à la lettre, pas tout-à-fait, mais presque… pas tout-à-fait. Il paraît qu'il est venu à Londres pour chercher de l'emploi (pour améliorer son sort…., , c'est son dire). On l'a trouvé endormi sous un hangar, on l'a arrêté et amené le lendemain matin devant l'alderman. L'alderman fait observer (très-convenablement) qu'il est déterminé à supprimer ces sortes de choses, et que s'il m'est agréable de supprimer Will Fern, il sera très-heureux de commencer par lui.

– Qu'on en fasse un exemple, de toute manière, reprit la dame. L'hiver dernier j'introduisis, vous savez, la coutume de faire des ourlets et des œillets parmi les hommes et les jeunes garçons du village, pour les occuper le jour, et je fis mettre en musique, d'après le nouveau système, ces vers :

Aimons nos occupations.
Vivent le Squire et ses relations ;
Ne vivons que sur nos rations,
Et conservons nos positions.

Oh let us love our occupations.
Bless the Squire and his relations ;
Live upon our daily rations,
And always know our proper stations.

Eh bien ! ce même Fern – je crois le voir encore – porta la main à son chapeau et dit : Je vous demande humblement pardon, milady, mais ne différé-je pas un peu d'une grande fille ? Je m'y attendais bien ; peut-on attendre autre chose que l'insolence et l'ingratitude de cette classe ? Il ne s'agit pas de cela cependant. Sir Joseph, faites un exemple de Will Fern..

– Hem ! dit sir Joseph. Monsieur Fish, si vous voulez bien faire attention. »

M. Fish prit immédiatement sa plume et écrivit sous la dictée de sir Joseph :

Particulière : « – Mon cher monsieur, je vous suis très-obligé de votre courtoisie relativement à ce William Fern, sur qui, je regrette de l'ajouter, je ne saurais rien dire de favorable. Je me suis constamment considéré comme son ami et son père, mais je n'en ai recueilli (chose trop commune, j'ai la douleur de le dire) qu'ingratitude et continuelle opposition à mes plans. C'est un caractère turbulent et indocile. Tous les renseignements sur son compte ne feraient que le compromettre. Rien ne peut le persuader d'être heureux quand il le pourrait. En l'état des circonstances, il me semble, je l'avoue, que lorsqu'il comparaîtra de nouveau devant vous (ce qu'il doit faire demain, m'apprenez-vous, et puisqu'il l'a promis on peut jusque-là croire qu'il le fera pour satisfaire à votre enquête), ce serait rendre service à la société que de le faire enfermer pendant quelque temps comme vagabond. Un tel exemple serait salutaire dans un pays où… dans l'intérêt de ceux qui, quoiqu'on en dise en bien ou en mal, sont les amis et les pères du pauvre, aussi bien que dans l'intérêt même d'une classe égarée… des exemples sont grandement nécessaires. Je suis, etc. »

On dirait, remarqua sir Joseph, quand il eut signé cette lettre, et pendant que M. Fish la cachetait, on dirait vraiment que ceci était ordonné providentiellement. À la fin de l'année je balance mes comptes, même avec William Fern.

Trotty, qui était retombé depuis longtemps dans son découragement, s'avança d'un air piteux pour prendre la lettre.

« Remettez-la avec mes compliments et mes remercîments, dit sir Joseph. Attendez.

– Attendez, répéta M. Fish.

– Vous avez entendu peut-être, dit sir Joseph, certaines remarques auxquelles j'ai été conduit par les circonstances graves du temps où nous vivons et par le devoir qui nous est imposé de régler nos affaires et préparer nos comptes. Vous avez dû observer que je ne me prévaux pas de mon rang supérieur dans la société, mais que M. Fish, ce monsieur, a un registre à côté de lui, et qu'il n'est ici dans le fait que pour m'aider à commencer la nouvelle année sur un feuillet parfaitement net. Or, mon ami, pouvez-vous mettre la main sur votre cœur et dire que vous vous êtes, vous aussi, préparé pour une nouvelle année ?

– J'ai peur, monsieur, bégaya Trotty d'un air humble, d'être un… un peu en arrière avec le monde.

– En arrière avec le monde î répéta sir Joseph Bowley avec une expression terrible.

– J'ai peur, monsieur, dit Trotty, de devoir quelque chose, comme dix ou douze shellings à Mrs Chickenstalker.

– À Mrs Chickenstalker I répéta sir Joseph, toujours sur le même ton.

– Elle tient une boutique d'épicier, monsieur, s'écria Trotty. Je dois aussi… quelque argent pour mon loyer, très-peu de chose, monsieur. J'ai tort de devoir, je le sais ; mais nous avons eu des temps bien durs ! vrai 1 »

Sir Joseph promena deux fois son regard autour de lui, le fixant tour à tour sur milady, sur M. Fish et sur Trotty ; puis il fit un geste de désespoir, un geste des deux mains, comme s'il abandonnait tout-à-fait la chose :

« Comment un homme, même dans cette classe imprévoyante et incorrigible, un vieillard, un homme en cheveux blancs, peut-il regarder une nouvelle année en face, avec ses affaires dans cet état ? Comment peut-il se coucher le soir et se lever le matin et.. Là, dit-il en tournant le des à Trotty : prenez la lettre, prenez la lettre.

– Je désirerais de tout mon cœur qu'il en fût autrement, monsieur, dit Trotty, jaloux de s'excuser. Nous avons passé par des temps bien durs. »

Sir Joseph ne cessant de répéter : « Prenez la lettre ! prenez la lettre ! » et M. Fish, non-seulement disant la même chose, mais encore ajoutant plus de force à cette injonction, en lui montrant la porte, Trotty n'avait plus qu'à tirer sa révérence et à sortir. Une fois dans la rue, le pauvre Trotty enfonça son vieux chapeau usé sur son front, comme pour cacher le chagrin qu'il éprouvait de ne prévoir aucune bonne chance pour le nouvel an.

En passant près de la vieille église il ne leva même pas les yeux pour regarder le vieux clocher. Il ne s'arrêta là qu'un moment par habitude, et comprit par instinct plutôt que par réflexion, qu'il se faisait nuit, et que les cloches, suspendues dans le crépuscule, allaient bientôt sonner. Il se souvint qu'à cette heure surtout elles parlaient à son imagination, comme des voix dans les nuages ; mais il n'en trotta que plus vite pour aller remettre la lettre à l'alderman ; il avait peur de les entendre ; il craignait qu'elles ne lui chantassent sur le dernier air : Amis et frères, amis et pères.

Trotty se hâta donc de remplir sa commission et de rentrer chez lui ; mais en trottant avec son pas embarrassé et son chapeau sur les yeux, il ne tarda pas à aller se heurter contre une personne qui venait à lui de l'extrémité opposée de la rue et qui faillit le renverser.

« Je vous demande bien pardon, dit Trotty, ôtant son chapeau d'un air confus, mais sans se découvrir, car sa tête resta comme dans une espèce de ruche entre la forme et la coiffe déchirée de son couvre-chef ; pardon ; j'espère que je ne vous ai pas fait mal. »

Toby n'était pas un Samson si terrible qu'il pût faire mal à quelqu'un, sans se faire encore plus mal à lui-même, et en effet, il avait rebondi comme un volant sur la chaussée ; mais telle était son opinion de sa force, qu'il était réellement inquiet pour son antagoniste, et il répéta : « J'espère que je ne vous ai pas fait mal. »

L'homme contre lequel il avait couru était un campagnard brûlé du soleil, aux cheveux hérissés et aux traits rudes, qui le regarda un moment comme s'il le soupçonnait de plaisanter ; mais, convaincu de sa bonne foi, il répondit : « Non, mon ami, vous ne m'avez pas fait mal.

– Ni à l'enfant, j'espère ? dit Trotty.

– Ni à l'enfant, reprit l'autre : je vous remercie 4e bon cœur ! »

Et en disant cela, il regardait une petite fille qu'il portait endormie dans ses bras ; puis, lui couvrant le visage avec un des coins du mouchoir déchiré qu'il portait autour du cou, il s'éloigna lentement.

Le ton avec lequel il avait dit : « Je vous remercie de bon cœur, » avait pénétré le cœur de Trotty : cet homme était si fatigué, si couvert de poussière, il paraissait si malheureux et si isolé, qu'il trouvait évidemment une consolation à pouvoir remercier quelqu'un même pour si peu. Toby le suivait des yeux pendant qu'il s'en allait péniblement avec l'enfant dans ses bras. Aveugle à tout ce qui se passait dans la rue, il ne voyait que cet homme avec les souliers usés, véritables ombres de souliers, avec des guêtres en cuir grossier, une blouse commune et un chapeau à bords rabattus.

Avant de disparaître dans l'ombre toujours croissantes, ce malheureux s'arrêta, tourna la tête, et reconnaissant Toby immobile et debout, il parut indécis, ne sachant s'il devait continuer sa marche ou revenir sur ses pas ; il prit enfin ce dernier parti, et Toby fit la moitié du chemin de son côté.

« Vous pourrez peut-être, dit cet homme avec un sourire triste ; si vous le pouvez, vous le ferez, j'en suis sûr, et j'aime mieux le demander à vous qu'à d'autres. Vous pourrez peut-être m'indiquer où demeure l'alderman Cute.

– Ici tout proche, répondit Toby ; je vous montrerai la maison avec plaisir.

– Je devais aller le trouver demain dans un autre endroit, dit l'homme en suivant Toby ; mais je n'aime pas à me sentir en suspicion, j'ai besoin de me faire connaître et d'aller librement chercher mon pain je ne sais où… peut-être bien qu'il me pardonnera d'aller ce soir chez lui.

– Serait-il possible, s'écria Toby en tressaillant, que vous vous nommiez Fern ?

– Eh ! s'écria l'autre tout étonné.

– Fern, Will Fern ? dit Trotty.

– C'est mon nom.

– En ce cas, s'écria Toby en le saisissant par le bras et regardant autour de lui d'un air inquiet, pour l'amour du ciel ! n'allez pas chez lui, n'y allez pas, il vous supprimera, aussi vrai que vous êtes Will Fern. Par ici, venez dans cette ruelle, et je vous dirai pourquoi. N'allez pas chez lui. »

Sa nouvelle connaissance le regarda comme si elle l'eût cru fou ; mais elle ne laissa pas de le suivre. Lorsqu'ils furent à l'écart, Trotty lui apprit ce qu'il savait, quelle réputation on lui avait faite et le reste.

Will Fern l'écouta avec un calme qui le surprit, ne le contredisant ni l'interrompant, et hochant la tête de temps en temps, plutôt, à ce qu'il semblait, pour confirmer une vieille histoire que pour la réfuter. Seulement une fois ou deux il releva son chapeau et passa sa main calleuse sur son front dont toutes les rides retraçaient en miniature les sillons que sa charrue avait creusés : mais rien de plus.

« C'est assez vrai sur le tout, dit-il. Je pense bien avoir un peu trop parlé et contrarié ses plans. Oui, ma foi, et je le ferais encore demain. Quant à ma réputation, ces messieurs n'ont qu'à fouiller, je les défie d'y trouver une tache. Je leur souhaite de ne pas perdre aussi facilement que nous autres, pauvres gens, la bonne opinion qu'on a d'eux. Quant à moi, jamais cette main, voyez-vous, n'a rien pris qui ne fût à moi, et jamais elle n'a refusé l'ouvrage quelque dur ou mal payé qu'il pût être. À qui pourra le nier, je permets de la couper. Mais quand le travail ne me fait plus vivre comme une créature humaine, quand telle est ma nourriture, que je souffre de la faim dehors et dedans, quand je ne vois aucune meilleure chance pour demain, alors je dis aux riches : Écartez-vous de moi, laissez ma chaumière ; ma porte est assez noire sans que votre ombre l'obscurcisse encore. Ne comptez pas sur moi pour aller dans votre parc grossir votre cortège lorsqu'il y a une fête, un beau discours ou n'importe quoi. Faites vos jeux et vos parades sans moi, et amusez-vous ; nous n'avons rien à faire ensemble : j'aime mieux qu'on me laisse tranquille. »

Voyant que la jeune fille qu'il portait dans ses bras avait ouvert les yeux et regardait autour d'elle toute surprise, il s'interrompit pour lui dire deux ou trois mots de badinage enfantin à l'oreille et la posa par terre à côté de lui ; puis, roulant une de ses longues boucles de cheveux autour d'un de ses doigts, comme un anneau, pendant qu'elle s'appuyait contre sa jambe poudreuse, il dit à Trotty :

« Je ne suis pas de ma nature un esprit chagrin, je crois : il n'en faut pas tant pour me contenter, assurément ; je n'en veux à aucun de ces gens-là ; tout ce que je demande, c'est de vivre comme une des créatures du bon Dieu, mais c'est ce qu'on me refuse, et voilà pourquoi il y a un abîme creusé entre moi et ceux par qui je suis repoussé ; il y en a d'autres comme moi, vous les compteriez plutôt par centaines et par milliers qu'un à un. » Trotty savait qu'il disait vrai, et il secoua la tête en signe d'assentiment.

« Je me suis fait un mauvais renom de cette manière, dit Fern, et je ne pense pas que j'en puisse obtenir un meilleur. Je passe pour un mécontent, et cependant Dieu sait que j'aimerais mieux avoir l'humeur gaie si je le pouvais. Fort bien. Cet alderman ne me ferait pas grand mal en m'envoyant à la prison ; mais il ne manquerait pas de m'y envoyer, parce qu'aucun ami ne placerait un mot en ma faveur, et vous voyez, ajouta-t-il en montrant la jeune fille du doigt…

– Elle a une bien jolie figure, dit Trotty.

– Oh ! oui, reprit Fern à demi-voix en lui tournant le visage du côté du sien ; c'est ce que j'ai pensé souvent ; c'est ce que j'ai pensé lorsque mon foyer était bien froid et mon garde-manger bien vide ; c'est ce que je pensais hier au soir encore lorsque nous fûmes arrêtés comme deux voleurs ; mais il ne faudrait pas qu'on éprouvât trop souvent cette jolie figure… n'est-ce pas, Lilian ? »

En parlant ainsi, il baissa encore la voix et regarda la jeune fille avec un air si sévère et si étrange que Toby, pour le distraire de sa préoccupation, lui demanda si sa femme vivait encore.

« Je n'en ai jamais eu, reprit-il. Vous voyez la fille de mon frère, une orpheline ; elle a neuf ans, quoique vous ne les lui donneriez pas, tant elle est fatiguée et épuisée. On l'aurait reçue dans la maison de refuge à vingt milles de l'endroit où nous habitons, entre quatre murs, là où l'on avait reçu aussi mon vieux père ; mais j'ai préféré la prendre avec moi, et je l'ai gardée depuis qu'elle a perdu sa mère. Celle-ci avait autrefois une amie ici à Londres ; nous sommes venus pour tâcher de la découvrir et aussi pour trouver de l'ouvrage : mais c'est une bien grande ville. N'importe : il n'y a que plus de place pour nous promener, Lilly ! »

Il sourit à l'enfant avec un sourire qui toucha Toby plus que des larmes, et secouant cordialement la main de sa nouvelle connaissance : « Je ne sais même pas votre nom, dit-il, mais je vous ai ouvert mon cœur parce que je vous dois de la reconnaissance. Je profite de votre avis, et je me garderai de ce…

– Juge de paix, lui dit Toby.

– Ah ! c'est son titre. Fort bien. Demain, j'irai voir s'il y a meilleure fortune pour moi quelque part aux environs de Londres. Bonsoir, une heureuse année.

– Arrêtez, s'écria Toby, lui prenant la main à son tour. Arrêtez ; la nouvelle année ne saurait être heureuse pour moi si je voyais l'enfant et vous s'en aller errer, vous ne savez où, sans un abri pour vos têtes. Venez chez moi. Je suis un pauvre homme, vivant dans un pauvre logement, mais je puis vous y donner un gîte pour la nuit sans me gêner. Venez avec moi ; par ici ; je vais la porter, ajouta Toby en prenant l'enfant dans ses bras. Jolie petite ! ah ! je porterais vingt fois son poids sans m'en apercevoir. Vais-je trop vite pour vous ? J'ai l'habitude de marcher d'un pas très-leste : j'ai été toujours comme cela. » Et tout en parlant ainsi, Trotty faisait six pas de son petit trot pour une enjambée de son compagnon fatigué ; ses maigres jambes tremblaient sous son fardeau, qu'il ne cessait de déclarer plus léger qu'une plume, ne pouvant souffrir d'être remercié, trottant et parlant toujours. « Nous y voici ; c'est là, au détour de la rue, après la fontaine, à droite du passage, en face de la taverne ; par ici, oncle William, ici ; arrêtez-vous à cette porte noire où l'on lit T. Veck sur un écriteau… Nous y sommes, et nous venons vous surprendre, ma chère Meg. »

À ces mots, Trotty essoufflé déposait l'enfant devant sa fille sur le parquet La petite Lilian regarda Meg, et, pleine de confiance dans cette nouvelle figure, elle se jeta dans ses bras.

« Nous y voici, s'écria encore Trotty, courant autour de la chambre en riant ; ici, oncle Will. Voilà du feu. Pourquoi ne vous approchez-vous pas du feu ? Nous y sommes. Meg, ma bien-aimée fille, où est la bouilloire ? La voici. L'eau sera bientôt bouillante. »

Trotty avait, en effet, trouvé la bouilloire quelque part en trottant dans son logement, et il la mit sur le feu, pendant que Meg, asseyant l'enfant au coin de la cheminée, s'agenouillait devant elle, lui ôtait ses souliers et séchait ses pieds humides avec un linge. Oui, et elle souriait à Trotty si gaîment que Trotty l'aurait bénie volontiers, car il avait vu en entrant qu'elle était assise près du feu et qu'elle pleurait

« Mais, mon père, dit Meg, vous perdez la tête ce soir, je pense. Je ne sais ce que les cloches diraient de cela. Pauvres petits pieds ! qu'ils sont froids !

– Oh ! ils sont plus chauds maintenant, s'écria l'enfant.

– Non, non, dit Meg ; nous ne les avons pas assez frottés de moitié. Nous avons tant à faire ! et après nous brosserons ces cheveux mouillés aussi, et après nous rappellerons quelques couleurs sur ces joues pâles avec un peu d'eau fraîche, et après… nous serons si gais et si heureux ! » La petite Lilly, avec un sanglot, lui jeta ses bras autour du cou, la caressa avec la main, et ayant déjà appris son nom, s'écria : « Ô Meg ! chère Meg ! »

La bénédiction de Toby n'aurait pu faire davantage. Non, rien de plus.

« Eh bien, père ! s'écria Meg, après un moment de silence.

– Me voici, me voilà, ma chère, répondit Trotty.

– Bonté du ciel, dit Meg, il perd la tête ; il a mis le chapeau de cette chère petite sur la bouilloire, et accroché le couvercle derrière la porte.

– C'est cependant vrai, Meg, ma chère Meg. » dit Trotty, réparant sa méprise.

Meg vit ensuite que son père s'était placé derrière la chaise de son hôte, où, avec maint geste mystérieux, il faisait danser dans ses doigts le demi-shelling qu'il avait gagné.

« Ma chère, dit-il enfin, j'ai vu, en montant, une demi-once de thé quelque part sur l'escalier, et je suis sûr qu'il y avait aussi une tranche de jambon. Comme je ne me rappelle pas exactement où c'était, je vais aller chercher moi-même. »

Grâce à cet artifice, Toby sortit pour aller acheter, argent comptant, le jambon et le thé chez Mrs Chickenstalker, et, en rentrant, il prétendit avoir eu quelque peine à trouver tout cela dans l'obscurité.

« Mais voici enfin le jambon et le thé, dit Trotty. Tout y est. J'étais sûr d'avoir bien vu. Meg, ma chérie, si vous vouliez faire le thé, tandis que votre indigne père fera des rôties avec le jambon : tout sera bientôt prêt. Curieuse circonstance, poursuivit-il en s'armant de la fourchette aux rôties, curieuse, mais bien connue des miens que je n'aime, quant à moi, ni le thé ni le jambon ; mais c'est mon plaisir d'en régaler les autres. »

Ayant parlé assez haut pour convaincre son hôte de cette circonstance curieuse, Trotty n'en reniflait pas moins le jambon comme s'il l'eût aimé, et lorsqu'il versa l'eau bouillante dans la théière, il plongea un regard amoureux dans ses entrailles fumantes, et souffrit que les vapeurs du thé couronnassent sa tête d'un nuage odorant ; mais il ne mangea ni ne but, excepté au commencement un morceau de rôtie pour la forme, et quoiqu'il parût le savourer en gourmet, il déclara que c'était chose tout à fait indifférente pour son palais.

Non ; l'occupation de Trotty était de voir Will Fern et Lilian manger et boire. Ce fut aussi celle de Meg, et jamais spectateurs d'un dîner du lord Maire ou d'un banquet de cour n'éprouvèrent un plus vif plaisir à voir dîner ou souper fût-ce un pape ou un roi. Meg souriait à Trotty, Trotty souriait à Meg ; Meg hochait la tête et faisait le geste d'applaudir Trotty ; Trotty racontait à Meg, dans une pantomime intelligible, comment et où il avait rencontré ses hôtes : ils étaient heureux, très-heureux. Une pensée triste cependant restait à Trotty ; il croyait voir dans les yeux de sa fille que le mariage était rompu.

« À propos, dit Trotty après le thé, cette petite couchera avec Meg.

– Avec la bonne Meg, s'écria Lilian en la caressant. Avec Meg.

– Très-bien, continua Trotty, et je ne m'étonnerais pas si elle embrassait le père de Meg. N'est-ce pas ? je suis le père de Meg. »

Ravi fut Trotty lorsque l'enfant alla timidement à lui, et, l'ayant embrassé, retourna à côté de Meg.

« Elle est aussi sage que Salomon, dit Trotty. Nous y voici : non n… non, non, je ne voulais pas dire cela. Que dirais-je, Meg, ma bonne fille ? »

Meg regardait leur hôte, qui, penché sur sa chaise et le visage tourné de l'autre côté, caressait la tête de la petite fille à moitié cachée sur ses genoux à elle.

« En vérité, dit Toby, en vérité je ne sais où j'en suis ce soir. Je divague, je crois. Will Fern, venez avec moi ; vous êtes mortellement fatigué, vous avez besoin de repos. Venez avec moi. »

Will Fern continuait à jouer avec les boucles de l'enfant, toujours penché sur la chaise de Meg, toujours les yeux détournés. Il ne parlait pas, mais dans le mouvement de ses doigts calleux, à travers les beaux cheveux de Lilian, il y avait une éloquence qui en disait assez.

« Oui, oui, dit Trotty en répondant à ce qu'il voyait exprimé dans la figure de sa fille : emmenez-la avec vous, Meg, couchez -la. C'est bien. À présent. Will, je vais vous montrer votre lit. Ce n'est pas un bel appartement : un grenier, pas davantage ; mais avoir un grenier, je le dis toujours, c'est un des grands avantages des personnes qui habitent dans une rue où il y a des écuries, et jusqu'à ce que cette maison trouve de meilleurs locataires que les cochers et les chevaux, nous y vivrons à bon marché. Il y a là haut du foin en abondance, appartenant à un voisin, et le grenier est aussi propre que peut le rendre le balai de Meg. Courage ! ne vous désolez pas : il faut toujours un nouveau cœur pour une année nouvelle. »

La main détachée des cheveux de l'enfant était tombée tremblante dans la main de Trotty. Ainsi, Trotty, toujours parlant, conduisit Will Fern aussi facilement que s'il eût été un enfant lui-même. Étant revenu avant Meg, Trotty écouta un instant à la porte de sa petite chambre, et entendit l'enfant qui murmurait une simple prière avant de s'endormir, une prière dans laquelle fut introduit le nom de Meg et puis le sien.

Il se passa quelques minutes avant que le pauvre Trotty, tout ému, pût retrouver son sang-froid, et s'occuper du feu. Il rapprocha enfin sa chaise de l'âtre pour profiter de sa dernière chaleur, plaça la lumière sur une petite table, tira son journal de sa poche et se mit à lire avec distraction d'abord, sautant d'une colonne à l'autre, mais bientôt avec une sérieuse et triste attention, car ledit redoutable journal ramenait l'imagination de Trotty dans le même courant d'idées où l'avaient jeté les divers événements du jour. Sa sympathie pour l'oncle et la nièce l'avait heureusement distrait pendant quelque temps ; mais, seul et en lisant les crimes et les violences du peuple, il retomba dans sa triste préoccupation. Il fut surtout frappé par le récit (ce n'était pas le premier de ce genre) que faisait le journal d'une femme qui avait, non-seulement porté ses mains désespérées sur elle-même, mais encore sur son propre enfant ; – crime si horrible pour l'âme de ce pauvre père si rempli de l'amour de sa chère Meg, que ses doigts laissèrent échapper la feuille, et il se renversa sur le des de sa chaise, tout épouvanté.

« Mère cruelle et dénaturée ! s'écria Toby, – cruelle et dénaturée ! de tels actes ne peuvent être commis que par des êtres essentiellement dépravés, nés méchants, qui n'avaient rien à faire sur la terre. On me l'a dit aujourd'hui encore, et ce n'est que trop vrai, trop évident : nous sommes mauvais. »

Les cloches tintèrent si soudainement pour lui répondre, d'une voix si claire et si sonore, qu'il en fut saisi. – Et que lui disaient-elles ?

« Toby Veck, Toby Veck, nous t'attendons ; Toby Veck, Toby Veck, nous t'attendons, ding dong ! Viens, Toby, viens à nous donc, ding, dong ! Qu'on nous l'amène, qu'on l'entraîne, réveillez-le, réveillez-le donc, ding, dong. Toby Veck, Toby Veck, la porte est ouverte ! grande ouverte. Toby Veck, viens donc, ding, dong ! » C'était un carillon impétueux, irrésistible, qui ébranlait le plâtre et les briques de la muraille.

Toby écoutait. Il écoutait de toutes ses oreilles et de toute son imagination. Était-ce le remords d'avoir détourné sa vue des cloches cette après-midi ? non, non ; ce n'était pas cela. Mais voilà que les cloches sonnent encore et qu'elles répètent : « Toby Veck, viens donc, ding, dong ! » à assourdir toute la ville.

« Meg, demanda Trotty à sa fille, après avoir frappé doucement à sa porte, entendez-vous quelque chose ?

– J'entends les cloches, mon père ; elles font bien du bruit ce soir.

– Dort-elle ? demanda encore Toby, cherchant une excuse pour regarder chez Meg.

– Oui, mon père, si paisiblement, si heureusement, que je n'ose retirer ma main de ses petits doigts.

– Meg ! dit tout bas Toby, écoutez les cloches. » Meg écouta eu le regardant, mais sans altération dans ses traits. Elle ne comprenait pas les cloches.

Trotty se retira, reprit sa chaise près du feu, et resta quelque temps encore pour écouter tout seul. L'appel était irrésistible et d'une énergie effrayante.

« Si la porte est réellement ouverte, dit Toby, ôtant à la hâte son tablier, mais sans songer à son chapeau, qui m'empêche de monter au clocher et de me satisfaire ? Si la porte est fermée, je n'en demande pas davantage. Cela me suffit. »

Il était presque sûr, en se glissant tranquillement dans la rue, qu'il trouverait la porte de la tour fermée, car il connaissait bien cette porte et l'avait rarement vue ouverte, trois fois au plus. C'était une porte à cintre plat, en dehors de l'église, dans un coin, derrière un pilier, avec des gonds si larges et une serrure si monstrueuse, que le reste disparaissait presque sous ces accessoires en fer.

Quel fut l'étonnement de Toby lorsque, s'avançant vers l'église, la tête découverte, et étendant la main à tâtons, non sans un pressentiment qu'une autre main pouvait saisir la sienne tout-à-coup, il trouva la porte de la tour toute grande ouverte !

Il songea d'abord à revenir sur ses pas pour chercher une lumière ou un compagnon ; mais son courage se raffermit soudain, et il se détermina à monter seul.

« Qu'ai-je à craindre ? se dit Trotty. C'est une église. D'ailleurs, peut-être les sonneurs sont-ils là et ils ont oublié de fermer la porte. »

Il monta à tâtons, car il faisait nuit noire. Les cloches s'étaient tues ; il était donc calme.

La poussière de la rue s'était accumulée sur les marches de manière à laisser comme un sable velouté sous l'impression des pieds, ce qui déjà procurait une sensation singulière. L'étroit escalier commençait si près de la porte, que Toby s'y heurta tout d'abord et repoussa involontairement la porte, qui se ferma sur lui lourdement sans qu'il pût la rouvrir. Mais c'était une raison de plus de monter. Trotty monta donc en tournant toujours dans cette espèce de spirale de pierre où sa main rencontrait continuellement quelque chose, et où sa vue parfois aussi croyait distinguer une figure d'homme ou de spectre qui s'effaçait pour passer elle-même invisible, et dont il ne pouvait atteindre les formes indécises sur le mur. Une fois ou deux, une porte ou une niche interrompit la monotonie de cette lente as-cension, et alors le vide semblait s'agrandir de toute l'étendue du vaisseau de l'église. Trotty se croyait au bord d'un abîme où il risquait de tomber la tête en bas. Mais la muraille bientôt lui faisait de nouveau barrière, et il continua ainsi de tourner et de monter, de monter et de tourner.

L'air étouffant commença à fraîchir, puis à s'agiter comme l'haleine du vent, et enfin à souffler si fort, que Trotty pouvait à peine se tenir sur ses jambes ; mais il atteignit une des croisées en arceau de la tour, s'y cramponna, et là il put plonger son regard sur les toits des maisons, sur les cheminées fumantes, sur le cordon de lumière formé par les réverbères, le tout confondu dans un milieu de vapeurs à travers lequel il chercha à reconnaître la demeure où Meg s'étonnait peut-être de son absence, et élevait la voix pour l'appeler.

C'était le beffroi où montaient les sonneurs. Trotty avait saisi une des cordes pendantes qui descendaient par les ouvertures pratiquées dans un parquet de chêne. Il tressaillit d'abord et frémit à l'idée seule de réveiller la grosse cloche. Les cloches elles-mêmes étaient plus haut. Trotty, entraîné par sa fascination, continua à grimper à tâtons, s'aidant d'une échelle aux barreaux minces et glissants. Mais il grimpait toujours et toujours plus haut, jusqu'à ce que, franchissant le plancher entr'ouvert, il se vit au milieu des cloches. Il était presque impossible de distinguer leurs contours immenses dans l'obscurité, mais elles étaient là, c'étaient bien elles, sombres et muettes.

Une sensation accablante de terreur et d'isolement pesa sur Toby, lorsqu'il se trouva dans ce nid aérien de pierre et de métal. Le vertige s'empara de son cerveau ; il écouta et puis il poussa un cri : « Holà ! »

– Holà ! répondirent les échos lugubres.

Étourdi, confondu, haletant, terrifié, Toby promena autour de lui des yeux hagards et tomba évanoui.

TROISIÈME QUART.

Tel qu'après un calme plat, réveillé soudain par la tempête, l'Océan rejette les morts précipités dans ses abîmes, telle aussi, à travers les vapeurs qui voilent l'horizon, la pensée, sortant d'une léthargie passagère, nous présente le tableau confus de ses spectres : monstres informes qui s'échappent d'une résurrection imparfaite et prématurée ; fragments divers, membres de différents corps que le hasard réunit pêle-mêle ; bizarres métamorphoses, mutilations extraordinaires, images qui tour-à-tour se séparent et se rejoignent, douées d'une vie merveilleuse. Qui nous dira comment s'opère le retour graduel et régulier de nos sens et de nos idées ? Qui pourra expliquer le mystère de ce cahos et de cette création, mystère qui se passe cependant chaque jour dans nous-mêmes, type et symbole d'un mystère plus grand encore ?

Quand et comment la nuit qui enveloppait le noir clocher se changea-t-elle en une lumière resplendissante ? Quand et comment la tour solitaire se peupla-t-elle de myriades de figures ? Quand et comment le murmure monotone qui bourdonnait à l'oreille de Trotty endormi ou évanoui devint-il une voix sonore ? « Suivez-le et poursuivez-le, » soupirait tout-à-l'heure cette voix ; « interrompez son sommeil, » criait-elle maintenant. Quand et comment, au lieu d'une sensation lente et confuse, Trotty commença-t-il à percevoir clairement tout ce qui frappait son ouïe et sa vue, à distinguer ce qui était réellement de ce qui n'était pas ? les dates et les moyens d'investigation manquent pour le dire ; mais réveillé et se relevant enfin sur le plancher où il était tombé, Trotty aperçut un spectacle surnaturel.

Il vit la tour, où un charme avait conduit ses pas, fourmiller de fantômes nains, créations fantastiques des cloches ; il les vit incessamment sauter, voler, tomber par milliers des entrailles de l'airain ; il les vit autour de lui sur le plancher, au-dessus de lui dans l'air, descendre et s'éloigner au moyen des cordes, le regarder du haut des solives massives ceintes de fer, le lorgner à travers les fentes et crevasses des murailles, et peu à peu

61

l'entourer de leurs ronds multiples, semblables à ces cercles que déroule au loin sur la surface d'un lac la chute soudaine d'une lourde pierre. Il les vit sous toutes sortes d'aspects et de formes ; il en vit de laids et de beaux, de difformes et de gracieux, de jeunes et de vieux, de bons et de cruels, de gais et de sombres. Il en vit qui dansaient ; il en vit qui chantaient ; il en vit qui s'arrachaient les cheveux et il en vit qui poussaient des hurlements.

Leur multitude épaississait l'air ; Trotty les voyait aller et venir incessamment, monter et descendre, volant sur des coursiers aériens, déployant des ailes, mettant à la voile ; celui-ci disparaissant dans le lointain, celui-là se perchant à côté de lui, tous s'agitant dans une violente et perpétuelle activité. Pierres, briques, ardoises, tuiles, devenaient transparentes à ses regards comme aux leurs : il les voyait dans l'intérieur des maisons, occupés au chevet des hommes endormis ; il les voyait consoler ceux qui faisaient un rêve ou les battre avec un fouet, crier à l'oreille de l'un, soupirer la plus douce musique à l'oreille d'un autre ; ici gazouiller le chant des oiseaux et exhaler le parfum des fleurs, là faire apparaître soudain d'horribles visages dans la glace de leurs miroirs magiques.

Il vit ces enfants des cloches, non-seulement parmi les hommes endormis, mais encore parmi ceux qui étaient éveillés, remplissant les fonctions les plus inconciliables, prenant les formes les plus opposées. Il en vit un qui s'attachait des ailes innombrables pour augmenter la rapidité de sa fuite, et un autre qui se chargeait de chaînes et de contrepoids pour ralentir sa marche ; il en vit qui avançaient les aiguilles des pendules et d'autres qui les retardaient et cherchaient à les arrêter tout-à-fait ; il en vit qui, ici, représentaient une noce, là, des funérailles ; dans cette salle, une élection ; dans celle-là, un bal ; partout le mouvement et une incessante activité. Étourdi par l'armée turbulente de ces extraordinaires figures autant que par le tintamarre des cloches qui sonnaient pendant tout ce temps-là, Trotty se cramponna à un pilier et tourna ses regards de tous côtés dans une stupéfaction muette.

Tout-à-coup les carillons s'arrêtent. Changement instantané ! Cette innombrable foule s'évanouit ; tous ces rêves bizarres s'effacent, la vie et le mouvement les abandonnent ; ils cherchent à fuir, tombent, et en tombant meurent ou se fondent dans l'air. Un traînard se détache encore de la grosse cloche et met pied à terre à côté de Trotty ; mais il était mort et avait disparu avant d'avoir pu faire un tour sur lui-même. Quelques-uns de ceux qui avaient gambadé dans le clocher, y restèrent un moment à essayer des pirouettes ; mais de plus en plus faibles et de moins en moins nombreux à chaque pas, ils finirent par s'en aller comme le reste. Le dernier fut un petit bossu qui s'était réfugié dans un angle sonore où il bondit et fit la culbute tout seul, persévérant jusqu'à ce qu'il fût réduit à une de ses jambes et même à un de ses pieds ; mais il finit par s'évanouir avec la voix du dernier écho. La tour demeura silencieuse.

Ce fut alors, seulement alors, que Trotty vit dans chaque cloche une figure barbue de la grosseur et de la stature de la cloche – incompréhensible dualité ! une figure de la cloche elle-même… géant grave et sombre qui le surveillait d'un regard inquiet pendant qu'il était là comme s'il avait pris racine sur le plancher.

Mystérieuses et imposantes figures ! ne s'appuyant sur rien, suspendues dans l'atmosphère ténébreuse de la tour ; leurs têtes drapées et encapuchonnées se dressant dans le cintre de la toiture ; fantômes immobiles et sombres, quoique Trotty les vît par l'effet d'une lumière qui leur était propre – la seule qui éclairât ce lieu… Chacun d'eux tenait sa main gantée sur ses lèvres.

Vainement, dans sa terreur, Trotty aurait voulu plonger à travers l'ouverture du plancher ; il avait perdu toute faculté de se mouvoir… Vainement il aurait voulu se précipiter la tête la première du haut du clocher plutôt que de subir la surveillance de ces yeux rivés sur les siens et qui semblaient décidés à le poursuivre de leurs regards quand bien même leurs orbites eussent été évidées et sans prunelles. Trotty éprouva un redoublement d'épouvante au milieu de cette solitude, au milieu de cette étrange et lugubre nuit, comme si une main de spectre s'était posée sur son épaule. Il était loin, bien loin de tout secours… séparé de la terre par le trajet de ce long et ténébreux sentier dont il se rappelait avoir franchi la spirale fantastique ; à la hauteur où il se trouvait, à cette hauteur où il n'avait pu, dans le jour, suivre sans vestige le vol des oiseaux, il n'y avait plus de communication possible entre lui et les braves gens de sa connaissance qui dormaient tranquillement dans leurs lits… réflexion pénible, ou plutôt sensation toute physique qui lui glaça le cœur. Pendant ce temps-là, cependant, ses yeux, sa pensée, sa terreur, se fixaient sur les figures qui le regardaient lui-même, – ne ressemblant à aucune figure de ce monde, par l'effet de la nuit qui les enveloppait aussi bien que par leurs formes extraordinaires, par leurs yeux immobiles et leur suspension surnaturelle au-dessus du plancher… Trotty les voyait néanmoins aussi distinctement que les solives de chêne et les barres de fer qui composent ce qu'on appelle dans le clocher la cage des cloches, véritable échafaudage compliqué, enchevêtrement de charpentes entrecroisées parmi lesquelles les cloches se tenaient suspendues pour continuer leur inspection vigilante, comme parmi les branches d'un bois frappé de mort exprès pour servir de retraite à leur fantastique existence.

Un souffle d'air – froide rafale – vint gémir à travers le clocher ; quand ce souffle expira, le Bourdon ou le spectre du Bourdon parla :

« Quel est celui qui vient nous voir ? dit la voix, voix lente et sonore que Trotty crut entendre sortir aussi comme un écho multiple de l'intérieur des autres cloches.

– J'avais cru que les carillons m'appelaient par mon nom, répondit Trotty, levant les mains dans une attitude suppliante. Je ne sais trop comment je suis ici, ni comment j'y suis venu. Voici bien des années que j'écoute les cloches qui m'ont souvent réjoui le cœur.

– Et les as-tu remerciées ? demanda l'Esprit de la grosse cloche.

– Mille et mille fois ! s'écria Trotty.

– Comment ?

– Je ne suis qu'un pauvre homme, bégaya Trotty, et je ne pouvais les remercier qu'en paroles.

– Et l'as-tu toujours fait ? ne nous as-tu jamais fait tort en paroles ? demanda encore la grosse cloche.

– Non, s'écria Trotty vivement.

– Tu n'as jamais nui à notre bonne réputation par des paroles mensongères, injustes, malveillantes ? »

Trotty allait répondre : « jamais ! » lorsqu'il s'arrêta tout confus.

« La voix du Temps, dit le fantôme, crie à l'homme : « avance. » Le Temps lui fut donné pour son progrès et son perfectionnement ; pour l'accroissement de son mérite, de son bonheur, de son bien-être dans la vie ; pour sa marche en avant vers le but placé visiblement à sa portée, dans les limites auxquelles est bornée sa carrière, comme celle du Temps, la même pour tous deux depuis que le Temps et lui la commencèrent ensemble. Des siècles de ténèbres, d'injustice et de violence se sont succédé ; des infortunés comptés par millions, ont souffert, ont vécu, sont morts : – pour montrer à l'homme le chemin ouvert devant lui. Celui qui cherche à le ramener en arrière ou à l'arrêter dans sa course, entrave le mouvement d'une puissante machine qui frappera de mort l'imprudent, et ne fera que marcher plus rapide et plus terrible après sa suspension momentanée.

– Je n'ai jamais rien tenté de pareil que je sache, répondit Trotty. C'est tout-à-fait par hasard, sans le vouloir, si je l'ai fait. Je me garderais bien de le faire, très-certainement. »

Le fantôme du Bourdon répliqua :

« Celui qui met dans la bouche du Temps ou dans celle des ministres et interprètes du Temps un cri de lamentation sur des jours qui ont eu leurs épreuves, qui ont eu leurs fautes, et qui en ont laissé des traces, visibles même aux moins clairvoyants – un cri de lamentation qui ne profite au Présent, que parce qu'il montre à l'homme quel besoin il a encore de son courage et de ses efforts quand il se trouve des cœurs assez faibles pour écouter les regrets inspirés par un tel Passé – celui qui fait cela est coupable envers nous, et voilà le tort que tu nous as fait à nous – aux Cloches. »

Les premières terreurs de Trotty commençaient à se calmer. Mais nous avons vu quelle tendresse et quelle gratitude il éprouvait pour les Cloches, et lorsqu'il s'entendit accuser d'une offense si grave contre elles, son cœur fut touché d'un douloureux repentir.

« Si vous saviez, répondit-il en joignant les mains, ou peut-être le savez-vous... si vous saviez combien de fois vous m'avez tenu compagnie ; combien de fois vous m'avez consolé quand j'étais découragé, et comment vous étiez le joujou de ma petite Meg... presque le seul qu'elle eût... depuis le soir où sa mère mourut et nous laissa seuls, elle et moi... Non, vous ne me garderiez pas rancune pour un mot prononcé à la légère. »

La grosse Cloche lui dit :

« Supposer qu'une seule note de nos carillons exprime l'indifférence ou le mépris pour aucune des espérances ou des consolations de la classe malheureuse, pour aucune de ses peines ou pour aucun de ses plaisirs ! ... Interpréter notre voix comme une réponse approbative à tous ces systèmes, mesurant les passions et les affections humaines comme ils calculent le total des misérables provisions alimentaires qui servent à entretenir la vie pénible et languissante de l'humanité ! … Supposer ainsi, interpréter ainsi… c'est nous faire injure, et c'est l'injure que tu nous as faite.

– Je le confesse, dit Trotty, oh ! pardonnez-moi.

– Oser faire de nous l'écho des vers rampants de la terre ! poursuivit le fantôme… oser nous confondre avec les gens toujours prêts à supprimer ces natures souffrantes destinées à s'élever un jour plus haut que ne sauraient le concevoir ces vers du Temps en s'agitant dans leur fange ! Celui qui a cette mauvaise pensée nous fait injure, et c'est l'injure que tu nous as faite.

– Oui, mais sans intention, dit Trotty – sans intention et par ignorance.

– Enfin, et ceci est pire encore, poursuivit la Cloche, celui qui tourne le dos aux êtres de son espèce tombés et disgraciés, les abandonne comme vils, et dédaigne de jeter un regard de compassion sur les précipices où ils ont perdu le sentier du bien, mais en saisissant dans leur chute quelques touffes d'herbe du sol où leur pied a glissé, et en les conservant encore au fond du gouffre où ils expirent tout saignants et brisés… Celui-là surtout fait injure au Ciel et à l'Homme, au Temps et à l'Éternité. C'est ce que tu as fait.

– Épargnez-moi ; grâce, pour l'amour du ciel, s'écria Trotty, tombant à genoux.

– Écoute, dit le fantôme de la grosse Cloche.

– Écoute ! crièrent les autres fantômes.

– Écoute, dit une voix claire et enfantine, que Trotty crut reconnaître pour l'avoir déjà entendue. L'orgue résonna faiblement dans l'église, puis s'enflant par degrés, la mélodie monta jusqu'aux voûtes et remplit le chœur et la nef, montant toujours et s'étendant toujours, allant ébranler le chêne des charpentes et des lambris, agiter les flancs d'airain des cloches, la ferrure des portes, et la pierre des escaliers, jusqu'à ce que l'enceinte des murailles, ne pouvant plus la contenir, elles s'élançât vers les cieux… Comment le sein d'un pauvre vieillard aurait-il pu contenir un son si vaste et si puissant ? Il s'échappa donc de cette faible prison, en faisant couler un torrent de larmes, et Trotty se cacha le visage dans ses mains. »

« Écoute ! dit le fantôme de la grosse Cloche.

– Écoute ! crièrent les autres fantômes.

– Écoute ! dit la voix enfantine. »

Un concert de voix solennelles éclata dans la tour de l'église… un chant lugubre et lent, un chant mortuaire, et Trotty, en écoutant, distingua sa fille parmi les chanteurs.

« Elle est morte ! s'écria le vieillard. Meg est morte ! son esprit m'appelle. Je l'entends.

– L'esprit de ta fille, répondit la Cloche, gémit sur ceux qui ne sont plus, se mêle avec ceux qui ne sont plus – avec les espérances, les désirs et les rêves de la jeunesse ; – mais elle vit. Que sa vie soit pour toi une leçon, une vérité vivante. Apprends de la créature la plus chère à ton cœur jusqu'à quel point il est vrai que les méchants sont nés méchants. Vois arracher un à un tous les bourgeons et toutes les feuilles de la plus belle tige qui va se dépouiller et se flétrir à tes yeux. Suis-la… jusqu'à l'heure de son désespoir. »

Chacune des figures fantastiques étendit le bras droit et fit signe à Trotty de regarder au-dessous de lui.

« Le génie des carillons t'accompagnera, dit le fantôme de la grosse Cloche. Va, il marche sur tes pas. »

Trotty tourna la tête, et que vit-il ? … l'enfant – l'enfant que Will Fern portait dans la rue : l'enfant que Meg avait couchée dans son lit, et qui, à présent dormait d'un autre sommeil.

« Je l'ai portée moi-même ce soir, dit Trotty… dans mes bras.

– Qu'on lui montre ce qu'il appelle lui-même », dit le fantôme de la grosse Cloche, et les autres répétèrent la même phrase. La tour s'ouvrit aux pieds de Trotty. Il regarda et vit son propre corps étendu sur le sol… en dehors de l'église, écrasé et sans mouvement.

« J'ai cessé de vivre ! s'écria Trotty. Je suis mort !

– Mort ! répondirent tous les fantômes ensemble.

– Bonté du ciel ! et le nouvel an ?

– Passé ! disent les fantômes.

– Quoi ! s'écria-t-il en frissonnant… je me suis égaré en montant ici dans les ténèbres, et suis tombé au bas de la tour… Je suis tombé il y a un an !

– Il y a neuf ans, répliquèrent les fantômes ; et en répondant ainsi, ils cessèrent le geste de tendre la main ; puis là où étaient leurs spectres, Trotty ne vit plus que les cloches.

Et elles sonnèrent, leur heure étant revenue, et de nouveau d'immenses multitudes de fantômes apparurent ; de nouveau ils se mêlèrent confusément comme ils avaient fait auparavant : de nouveau ils s'évanouirent dès que les cloches se turent, et ils s'évanouirent dans le néant.

« Qui sont ces figures ? demanda Trotty à son guide. Qui sont-elles ? ou suis-je fou ?

– Ce sont les Esprits des cloches ; la personnification de leurs sons aériens. Ils prennent toutes les formes, ils exercent toutes les fonctions que leur donnent les espérances et les pensées des mortels, d'après les souvenirs que ceux-ci ont recueillis dans le passé.

– Et vous, demanda Trotty avec un air égaré, qui êtes-vous ?

– Silence ! silence ! répondit le petit génie, regarde là, là. »

Le génie montrait une pauvre chambre. Trotty y reconnut Meg, sa fille chérie, travaillant à une broderie dont il l'avait souvent vue s'occuper. Il ne fit aucun effort pour lui donner un baiser de père ; il ne tenta pas de la presser sur son cœur ; il sentait que ces caresses n'existaient plus pour lui. Mais il retint sa respiration haletante ; il essuya les larmes qui voilaient ses yeux, afin de la regarder, afin de ne regarder qu'elle, elle seule !

Ah ! qu'elle était changée, oui, bien changée ! quel nuage avait terni la limpidité de ses beaux yeux ! comme les couleurs avaient disparu de ses joues ! belle encore, toujours aussi belle, mais l'Espérance, l'Espérance, l'Espérance, ah ! où était-elle, cette Espérance si fraîche qui avait parlé à ce pauvre père comme une voix ? Meg leva les yeux de dessus son ouvrage, cherchant une compagne assise auprès d'elle. Le vieillard suivit son regard et tressaillit.

Dans la femme faite il reconnut tout d'abord la jeune fille ; dans ses longs cheveux soyeux il reconnut les mêmes boucles d'un âge plus tendre, et autour des lèvres l'expression enfantine ; ses yeux se tournaient sur Meg avec le même intérêt qui les animait lorsque Trotty lui-même l'eut

70

apportée autrefois toute petite à sa fille.

Oh ! il ne se trompait pas. Vainement il eût voulu douter ; il ne le pouvait. Malgré quelque chose qui lui paraissait noble et imposant dans cette figure, quelque chose d'indéfini et qui distingue la femme de l'enfant… c'était la même, la petite Lilian, la nièce de Will Fern.

Silence, elles parlent :

« Meg, disait Lilian avec hésitation, vos yeux abandonnent bien souvent votre ouvrage pour me regarder.

– Mes yeux sont-ils tellement changés qu'ils vous fassent peur ? répondit Meg.

– Non, ma chère amie ! non… vous souriez vous-même en le supposant… Pourquoi ne pas sourire en me regardant, Meg ?

– Mais je souris, il me semble ? répondit-elle, souriant en effet.

– Maintenant, oui, dit Lilian, mais ce n'est pas toujours ainsi. Lorsque vous me croyez occupée et ne vous voyant pas, vous semblez si inquiète et si soucieuse que j'ose à peine lever les yeux. Certes, il n'y a guère de motifs de sourire dans cette vie rude et pénible… Mais vous étiez autrefois si gaie !

– Ne le suis-je plus ? s'écria Meg avec un accent d'alarme, et se levant de sa chaise pour aller l'embrasser. Est-ce que je rends plus lourd encore pour vous, Lilian, le fardeau de notre vie ?

– Vous, vous seule vous faites que cette vie ne ressemble pas à la mort, répondit Lilian qui l'embrassa avec tendresse. Sans vous, Meg, je ne sais si je désirerais vivre. Un travail si continuel ! tant d'heures, tant de jours, tant de longues et interminables nuits d'un travail qu'il faut recommencer éternellement, non avec l'espoir d'amasser des richesses, de vivre grandement ou dans l'aisance, que dis-je ? avec l'espoir d'avoir seulement de quoi faire un repas frugal, mais pour gagner un morceau de pain, mais pour avoir seulement de quoi vivre, de quoi entretenir en nous la force de travailler encore, de souffrir encore et de conserver la conscience de notre dure destinée ! Ah ! Meg, Meg ! comment le monde cruel peut-il avoir le courage d'être témoin d'existences si malheureuses !... Elle prononça cette dernière phrase en élevant la voix et embrassant Meg avec l'expression d'une amère douleur.

« Lilly ! dit Meg avec une douce flatterie et en écartant les cheveux qui tombaient sur son visage mouillé de larmes, quoi ! Lilly, vous si jolie et si jeune ! »

Lillian l'interrompit, et lui adressant un regard suppliant : « Ah ! s'écriat-elle, c'est là ce qui est pire encore ; oui, pire que tout ! Souhaitez plutôt que je devienne tout à coup vieille, Meg ! vieille, flétrie, ridée, mais délivrée des pensées affreuses qui me tentent dans ma jeunesse. »

Trotty se retourna pour regarder son guide... Le génie des carillons avait fui... il n'était plus là !

Trotty lui-même avait quitté la place. Un changement s'était fait autour de lui. Il était au château de Bowley ; une grande solennité se célébrait dans cette résidence de sir Joseph Bowley, l'ami, le père du pauvre, en l'honneur du jour de naissance de lady Bowley. Or, lady Bowley était née le premier jour de l'an (ce que les gazettes locales considéraient comme une indication précise de la Providence qui avait voulu que le chiffre I appartînt spécialement à lady Bowley dans l'ordre de la nature) ; c'était donc le premier jour de l'an qu'avait lieu cette grande fête.

Bowley-Hall était rempli de visiteurs. Il y avait le monsieur au visage rouge, il y avait M. Filer, il y avait l'alderman Cute… l'alderman Cute avait une sympathie naturelle pour les gens titrés, et il s'était de plus en plus lié avec sir Joseph Bowley, reconnaissant de son aimable lettre… il était même devenu l'ami de la famille… Il y avait bien d'autres hôtes encore ; parmi eux errait le fantôme de Trotty, pauvre fantôme qui regardait tristement à droite et à gauche pour retrouver son guide.

Il devait y avoir un dîner d'apparat dans la grande salle du château. À ce dernier, sir Joseph Bowley, en sa qualité d'ami et de père des pauvres, devait prononcer son grand discours. Certains plum-poudings devaient être mangés par ses amis et enfants dans une autre salle. Au signal convenu, amis et enfants, venant se mêler parmi leurs amis et pères, devaient former une seule famille, et il n'y aurait aucun œil qui ne versât une larme d'émotion.

Mais il devait arriver plus encore… oh ! oui, beaucoup plus ; sir Joseph Bowley, baronnet et membre du parlement, devait jouer une partie aux quilles… (de vraies quilles…) avec ses tenanciers. « Ce qui rappelle tout à fait, dit l'alderman Cute, le temps du vieux roi Hall, du gros roi Hall, du joyeux roi Hall. Oh ! beau caractère !

– Très-beau, dit M. Filer sèchement. Très-beau caractère pour épouser des femmes et les tuer. J'ajouterai en passant que ce roi Henri VIII dépassa de beaucoup la moyenne ordinaire des épouses qu'on peut avoir.

– Vous épouserez les belles dames et ne les tuerez pas, vous, eh ! mon gentil garçon ? dit l'alderman Cute à l'héritier de sir Joseph Bowley, âgé de douze ans. Nous verrons bientôt ce petit gentleman au Parlement, ajouta l'alderman en le prenant par les épaules et affectant un air aussi réfléchi que possible. Oui, bientôt nous entendrons parler de ses succès aux élections, de ses discours à la chambre, des ouvertures que lui feront les ministres, de ses brillantes promesses de toute sorte. Ah ! nous ferons nos petites harangues à son sujet dans le conseil de la cité, je le garantis…

et cela avant que nous ayons le temps de tourner la tête.

– Ah ! quelle différence de souliers et de bas ! pensa Trotty : et cependant son cœur s'attendrit même en faveur de cet enfant du riche, pour l'amour de ces enfants sans souliers et sans bas prédestinés (par le décret de l'alderman) à tourner à mal et qui auraient pu être les enfants de la pauvre Meg.

– Richard ! soupira Trotty en errant parmi tout ce monde, où est-il ? je ne puis trouver Richard ! où est Richard ? »

Il n'était guère probable qu'il fût là, s'il vivait encore. Mais Trotty se sentait seul dans la foule joyeuse ; le chagrin le troublait : il s'en allait de côté et d'autre, cherchant son guide et disant : « Où est Richard ? montrez-moi Richard. »

Il errait ainsi, lorsqu'il rencontra M. Fish, le secrétaire confidentiel de sir Joseph Bowley. M. Fish était dans une grande agitation. « Hélas ! hélas ! s'écriait M. Fish, où est l'alderman Cute ? quelqu'un a-t-il vu l'alderman ? »

Vu l'alderman ? en vérité, qui pouvait ne pas avoir vu l'alderman ? Un homme si considérable et si affable ! un homme si empressé de répondre au désir naturel que tout le monde avait de le voir ! S'il avait un défaut, c'était de se mettre constamment en vue, et partout où étaient les gens de rang et de fortune, les grands… attiré sans doute par la sympathie réciproque des grandes âmes, on était sûr de voir l'alderman Cute.

Plusieurs voix répondirent qu'il était dans le cercle qui se faisait autour de sir Joseph. M. Fish se fraya un passage jusque-là, le trouva et l'emmena avec mystère dans l'embrasure de la croisée la plus proche. Trotty les rejoignit… nullement de son gré… il sentait que ses pas l'entraînaient malgré lui dans cette direction.

« Mon cher alderman Cute, dit M. Fish, venez un peu plus par ici. Il est arrivé le plus épouvantable événement. Je reçois à l'instant même cette nouvelle ; je pense qu'il vaudra mieux ne pas en informer sir Joseph avant la fin de la journée. Vous connaissez sir Joseph et me donnerez votre avis. Le plus épouvantable et le plus déplorable événement !

– Fish, répondit l'alderman, Fish, mon estimable ami, de quoi s'agit-il ? Rien de révolutionnaire, j'espère. Aucune tentative de contrainte dirigée contre les magistrats ?

– Deadles, le banquier, reprit le secrétaire avec son air effaré, Deadles, Frères, qui devait être ici aujourd'hui… un des syndics de la compagnie des orfèvres…

– Il n'a pas suspendu ses payements ? s'écria l'alderman… impossible ! …

– Suicidé !

– Bonté de Dieu !

– Il s'est introduit un canon de pistolet dans la bouche et s'est fait sauter la cervelle, dit M. Fish. Sans motif… une fortune de prince…

– Un homme aussi haut placé ! s'écria l'alderman, un homme si riche, un des hommes les plus considérables de la cité de Londres ! Suicidé ! M. Fish, tué de sa propre main ?

– Ce matin même, répondit M. Fish.

– Oh ! le cerveau ! le cerveau ! s'écria le pieux alderman levant les mains au ciel. Oh ! les nerfs ! les nerfs ! oh ! les mystères de cette machine appelée homme ! qu'il faut peu de chose pour la détraquer ! Pauvres créatures que nous sommes ! peut-être un dîner, monsieur Fish. Peut-être la conduite de son fils, qui, m'a-t-on dit, se dérangeait chaque jour davantage, et prenait l'habitude de tirer des lettres de change sur lui sans le moindre avis. Un homme très-respectable ! un des hommes les plus respectables que j'aie jamais connus. Exemple lamentable, monsieur Fish ! calamité publique. Je me ferai un point d'honneur de porter à son enterrement le deuil le plus sévère. Un homme très-respectable ! Mais il y a quelqu'un là-haut ! il faut nous soumettre, monsieur Fish, il faut nous soumettre.

– Quoi alderman ! pas un mot de votre résolution de supprimer le suicide et le reste ? Rappelez-vous, magistrat, l'orgueil de votre morale ; allons, alderman, armez-vous de votre balance. Dans un des plateaux est votre banquier, dans l'autre, dans celui qui est vide, mettez-moi la détresse de quelque pauvre femme qui s'est suicidée, elle aussi, après avoir long-temps souffert les angoisses de la faim, après avoir tant pleuré que ses larmes se sont taries, que son cœur même s'est desséché. Pesez-les tous les deux, nouveau Daniel, votre jugement est attendu par l'audience ; cette foule d'infortunés est attentive à la lugubre comédie que vous jouez devant elle. Ou supposons que vous perdiez aussi la raison, cette supposition n'est pas si invraisemblable, supposons que vous aussi vous vous coupiez la gorge pour apprendre à vos semblables (si vous avez un semblable) s'il est juste de comparer votre démence au milieu de toutes les aisances de la vie avec celle des cœurs éprouvés par des malheurs réels… Eh bien ! que diriez-vous ? »

Ces réflexions se présentèrent à l'esprit de Trotty, comme si les paroles qui les exprimèrent avaient été prononcées par une voix étrangère dans son propre cœur. L'alderman Cute promit à M. Fish qu'il l'aiderait à annoncer prudemment la triste catastrophe à M. Joseph quand la journée serait terminée. Ils se séparèrent ensuite après que l'alderman eut presque démis le poignet de Fish en lui serrant la main dans l'amertume de son âme et en répétant : « Le plus respectable des hommes !.., en vérité, je ne comprends pas comment le ciel permet de si fatales afflictions sur la terre. Vraiment, ajouta-t-il, si on ne réfléchissait aux secrets desseins de la Providence, on croirait qu'il existe de temps à autre de telles secousses de notre planète qu'elles affectent toute l'économie animale. Deadles, Frères ! ... »

La partie de quilles eut un immense succès. Sir Joseph y montra une grande adresse. Son fils, Master Bowley, fut digne de son père, et chacun de s'écrier que puisque un Baronnet et le Fils d'un Baronnet jouaient aux quilles, le pays ne pouvait que prospérer rapidement.

À l'heure convenable on servit le banquet. Trotty se rendit involontairement à la salle du festin comme les autres ; car il s'y sentait entraîné par une impulsion plus forte que son libre arbitre. Ce fut un spectacle d'une gaîté extrême. Les dames étaient très-belles, les convives de bonne humeur, ravis et joyeux. Lorsque les portes s'ouvrirent et que les gens de la campagne entrèrent en foule vêtus de leur costume rustique, ce fut la plus magnifique scène de la journée : mais Trotty ne cessait de murmurer : « Où est Richard ? il serait venu la consoler et lui prêter appui ! je ne vois pas Richard. »

On avait prononcé des discours ; on avait proposé la santé de lady Bowley ; sir Joseph Bowley avait remercié ; il avait fait sa grande harangue en démontrant jusqu'à l'évidence qu'il était l'Ami, le Père des Pauvres ; il avait proposé pour toast : « À ses amis et à ses enfants ! à la dignité du travail ! ... » soudain un léger trouble se manifesta au bout de la table. L'attention de Trotty fut appelée de ce côté. Après un moment de confusion, de bruit et de résistance, un homme se fit faire place et s'avança seul.

Ce n'était pas Richard. Non ; mais quelqu'un à qui Trotty avait pensé aussi et qu'il avait cherché plus d'une fois des yeux. Dans une salle moins bien éclairée, il aurait pu douter de l'identité de cet homme si épuisé, si courbé, si vieilli ; mais avec le torrent de lumières qui rayonnait sur cette tête blanchie, sur ces traits ridés, Trotty reconnut tout d'abord Will Fern.

« Qu'est-ce donc ? s'écria sir Joseph en se levant. Qui a fait entrer cet homme ? c'est un criminel échappé de prison. Fish, monsieur Fish, voulez-vous avoir la bonté…

– Une minute, dit Will Fern, une minute ! Madame, vous êtes née à pareil jour, le jour du nouvel an. Je vous demande de m'obtenir une minute pour me faire entendre. »

Lady Bowley intercéda pour lui, et sir Joseph reprit son siège avec une dignité naturelle. L'homme en guenilles, car le nouveau-venu était misérablement vêtu, promena ses regards sur l'assemblée et la salua humblement.

« Gens riches, dit-il, vous avez bu à la santé du travailleur, regardez-moi !

– Sorti de prison… dit M. Fish.

– Sorti de prison ! répéta Will, et ce n'est ni la première, ni la seconde, ni la troisième, ni même la quatrième fois. »

M. Filer fit encore ici à part son éternelle observation, pour dire que quatre fois était plus que la moyenne, et que Will devait être bien honteux.

« Gens riches, dit Fern, regardez-moi ; vous voyez que je ne puis tomber plus bas ; vous ne pouvez plus rien pour venir à mon secours, car, ajouta-t-il en se frappant la poitrine et branlant la tête, le moment est passé où vos bonnes paroles et vos actes de charité auraient pu me faire du bien… il est passé avec le parfum des fèves ou de la luzerne de l'année dernière. C'est pour ceux-ci (montrant du doigt les paysans), c'est pour eux que je veux vous parler, et puisque vous êtes tous réunis ensemble, écoutez la Vérité une fois dans votre vie.

– Il n'est personne ici, dit sir Joseph Bowley, qui voudrait le prendre pour son interprète.

– Vraisemblablement, sir Joseph ; je le crois. Ce que je vais vous dire n'en sera pas moins la vérité. Peut-être ce n'est pas sans preuves que je vais parler. Gens riches, j'ai vécu maintes années dans ce canton. Vous pouvez apercevoir ma chaumière là-bas par-dessus la palissade qui s'est affaissée. J'ai cent fois vu les dames la dessiner dans leurs albums. J'ai entendu dire qu'elle ferait très-bien dans une peinture. Mais il n'y a pas de mauvaise saison dans les peintures, et cette chaumière est meilleure pour figurer en tableau que pour servir d'abri à quelqu'un qui l'habite. Eh bien ! j'y ai vécu, moi… vécu d'une vie bien dure, bien amère, croyez-le, chaque jour de l'année, oui, chaque jour, vous pouvez en juger par vous-mêmes. »

Il parlait comme il avait parlé le soir que Trotty le rencontra dans la rue. Sa voix était plus sourde et plus rauque, avec un tremblement par intervalles ; mais la colère ne l'éleva jamais au-dessus de cette intonation ; il conserva jusqu'au bout l'accent égal et ferme qui convenait au simple récit qu'il faisait.

« Il est plus difficile que vous ne pensez, gens riches, de s'élever honnêtement dans une pareille demeure. Que j'y sois devenu un homme et non pas une brute, c'est quelque chose, je vous assure quelque chose qui peut parler en ma faveur ; je veux parler de ce que j'étais. Ce que je suis, c'est autre chose ; il n'y a plus rien à dire ni à faire pour moi : c'est une affaire finie.)

« Je suis enchanté que cet homme soit entré, remarqua sir Joseph en promenant autour de lui un regard serein. Ne l'interrompez pas. Il semble que la chose soit providentiellement ordonnée. Cet homme est un Exemple, un Exemple vivant. J'espère avec confiance que cet exemple ne sera pas perdu pour mes amis ici assemblés. »

« Je traînai ma vie comme je pus, continua Fern après un moment de silence, je ne sais trop quelle vie, et qui pourrait le savoir ? – mais une vie si pénible que je ne pouvais prendre un air gai, ni faire croire que je fusse autre chose que ce que j'étais. Or, messieurs, vous, messieurs, qui siégez aux assises, quand vous voyez un homme avec l'expression du mécontentement sur son visage, vous vous dites les uns aux autres : Cet homme m'est suspect. J'ai mes doutes, dites-vous, sur ce Will Fern. Surveillez-moi cet homme. Je ne dis pas, messieurs, que ce ne soit pas naturel. Tout ce que je dis, c'est que c'est ainsi, et, de ce moment, tout ce que fera Will Fern et tout ce qu'il ne fera pas – c'est tout un – tout tourne contre lui. »

L'alderman Cute accrocha ses pouces à ses goussets de gilet, et, se renversant sur sa chaise, regarda d'un air souriant un fabricant de chandelles, son voisin, comme pour lui dire ; « Sans doute ! je vous le disais bien ; la plainte commune… Dieu nous bénisse ! nous sommes au courant de ces choses-là – moi et la nature humaine. »

« Maintenant, messieurs, reprit Will Fera en gesticulant et avec une rougeur momentanée sur son pâle visage, voici comment nous sommes traqués et poursuivis par vos lois quand nous en sommes réduits là : j'essaie d'aller vivre ailleurs, et je suis un vagabond… en prison ! … Je reviens ici. Je vais dans le bois cueillir quelques noisettes, et je casse, sans le vouloir, une petite branche ou deux… en prison ! … Un de vos garde-chasse m'aperçoit en plein jour un fusil à la main, près de mon morceau de jardin… en prison ! … Je me laisse aller naturellement à quelque expression de colère contre cet homme, lorsque je suis relâché… en prison ! … Je coupe un bâton… en prison ! … Je ramasse et mange une pomme pourrie ou un navet… en prison !… Quand je sors, j'ai à faire une marche de vingt milles, j'ai faim et je tends la main à un passant sur la route… en prison ! … Enfin, le constable, le garde-chasse, n'importe qui, me rencontre n'importe où, faisant n'importe quoi ! en prison en prison ! car c'est un vagabond, un gibier de prison, et la prison est sa seule demeure. »

L'alderman fit encore ici un hochement de tête significatif comme pour dire : « Une excellente demeure, certainement ! »

« Parlé-je ainsi pour plaider ma cause ? s'écria Fern. Qui peut me rendre ma liberté ? Qui peut me rendre ma bonne réputation ? Qui peut me rendre mon innocente nièce ? Ce ne sont ni les lords ni les ladies de l'Angleterre ; mais, messieurs, messieurs, en vous occupant de ceux qui sont comme moi, commencez par où il faut commencer. Que votre bienfaisance nous donne de meilleures demeures lorsque nous sommes dans nos berceaux, de meilleurs aliments lorsque nous travaillons pour vivre, des lois plus indulgentes pour nous ramener lorsque nous sortons du droit chemin, et ne mettez pas sans cesse une prison devant nous... à chaque pas une prison. Vous ne pourrez alors avoir aucuns bons procédés pour le travailleur qu'il ne les accepte avec empressement et reconnaissance, car le travailleur a le cœur droit : il est patient et pacifique. Mais il faut d'abord diriger sa droiture naturelle ; car si vous attendez qu'il soit perdu et ruiné comme moi ou comme un de ceux qui sont ici, son cœur est déjà loin de vous. Ramenez-le, gens riches, ramenez-le ! Ramenez-le avant que, sa Bible même n'ayant plus le même sens pour son esprit aliéné, les mots lui disent le contraire de ce qu'ils vous disent à vous ; et c'est ainsi qu'en prison j'ai souvent cru lire : – Partout où tu iras, je ne puis aller ; partout où tu habiteras, je n'habiterai pas ; ton peuple ne sera pas mon peuple ; ni ton Dieu mon Dieu. »

Une agitation soudaine éclata dans la salle. Trotty. crut d'abord que plusieurs des assistants s'étaient levés pour chasser cet homme, et que de là provenait le changement qui s'opérait à ses yeux ; mais, presque au même moment, la salle et toute l'assemblée avaient disparu à la fois, et il se retrouvait de nouveau près de sa fille, assise encore pour continuer son ouvrage, dans un grenier plus pauvre et plus misérable, où Lilian n'était plus à côté d'elle.

Le métier auquel Lilian avait travaillé était mis de côté sur une tablette et recouvert d'un linge. La chaise sur laquelle elle s'était assise avait été retournée contre la muraille. Il y avait toute une histoire écrite dans ces petites circonstances et aussi dans la tristesse du visage de Meg. Ah ! qui aurait pu ne pas la comprendre !

Meg se fatigua les yeux sur son ouvrage jusqu'à ce qu'il fît trop noir pour voir le fil que dirigeait ses doigts ; puis, à la nuit close, elle alluma sa mince chandelle et continua de travailler. Son vieux père restait là toujours invisible, les regards fixés sur sa fille, plein d'amour pour elle… de l'amour le plus tendre, et lui parlant avec sa voix la plus affectueuse du temps passé et de des cloches chéries… quoiqu'il sût bien, le pauvre Trotty, quoiqu'il sût qu'elle ne pouvait l'entendre.

Une bonne partie de la soirée s'était écoulée ainsi lorsqu'on frappa à la porte, Meg l'ouvrit. Un homme était sur le seuil, une espèce de garnement à l'air grognon, un ivrogne usé par l'intempérance et le vice, les cheveux mal peignés, la barbe longue st sale, mais à qui il restait quelque chose qui indiquait un homme ayant eu santé, force et bonne mine dans sa jeunesse…

Il s'arrêta jusqu'à ce qu'elle lui permît d'entrer, et alors Meg, reculant à quelques pas de la porte ouverte, le regarda silencieusement et tristement. Trotty était enfin satisfait : il voyait Richard.

« Puis-je entrer, Marguerite ?

– Oui, entrez, entrez. »

Heureusement que Trotty l'avait reconnu avant qu'il parlât ; car, dans le doute, cette voix rauque et discordante lui aurait fait penser que ce n'était pas Richard, mais tout autre.

Il y avait deux chaises dans la chambre. Meg donna la sienne à Richard, et resta debout à une certaine distance, écoutant ce qu'il allait dire.

Il demeura quelque temps silencieux, baissant son œil distrait avec un sourire terne et stupide, offrant le spectacle d'une dégradation si profonde, d'un abattement si abject, d'une déchéance si misérable, que Meg se couvrit les yeux de ses deux mains et détourna la tête, de peur qu'il ne vît combien elle était émue.

Réveillé par le frôlement de sa robe ou tout autre bruit insignifiant, il releva la tête et commença à parler comme s'il ne faisait que d'entrer.

« Toujours à l'ouvrage, Marguerite. Vous travaillez tard ?

– Oui, généralement.

– Et de grand matin ?

– Et de grand matin.

– C'est ce qu'elle m'a dit… Elle m'a dit que vous ne vous fatiguiez jamais, ou ne vouliez jamais convenir que vous fussiez fatiguée… et cela pendant tout le temps qu'elle a vécu avec vous… pas même lorsque vous tombiez en faiblesse, autant par l'effet d'un jeûne prolongé que par l'excès du travail… Mais je vous l'ai déjà dit la dernière fois que je suis venu.

– Vous me l'avez dit, répondit-elle, et je vous ai supplié de ne plus le dire, et vous m'en fîtes la promesse solennelle, Richard.

– Une promesse solennelle, répéta-t-il avec un sourire hébété et un regard effaré ; une promesse solennelle ; certainement, une promesse solennelle !

On eût dit que Richard se réveillait une seconde fois, et, comme la première, il ajouta avec plus d'animation :

« Comment puis-je faire autrement, Marguerite ? Que puis-je faire ? elle est encore revenue me trouver.

– Encore ! s'écria Meg joignant les mains. Ah ! pense-t-elle à moi si souvent ? Est-elle vraiment revenue ?

– Vingt fois au moins, dit Richard. Marguerite, elle me harcèle, elle me suit dans la rue et me le jette dans la main. J'entends le bruit de son pas sur les cendres, lorsque je suis à la forge (ah ! ah ! ce n'est guère souvent), et avant que j'aie tourné la tête, sa voix me dit : « Richard, ne regardez pas. Prenez, pour l'amour du ciel, donnez-lui cela. » Elle me l'apporte où je demeure ; elle me l'envoie dans des lettres ; elle frappe à la fenêtre et le laisse sur le rebord. Que puis-je faire ? le voilà ! »

Il tendit la main et montra une petite bourse en faisant sonner l'argent qu'elle contenait.

« Cachez-le, dit Meg, cachez-le ! Lorsqu'elle reviendra, dites-lui, Richard, que je l'aime du fond de mon âme ; que je ne me couche jamais sans prier le ciel pour elle ; que dans ma solitude, je ne cesse de penser à elle en travaillant ; qu'elle est avec moi nuit et jour ; que si je mourais demain, je me souviendrais d'elle en rendant le dernier soupir : mais que je ne puis regarder cet argent. »

Richard retira la main, et fermant les doigts sur la bourse, dit avec une sorte de réflexion apathique :

« Je le lui ai bien dit. Je le lui ai dit aussi clairement que possible. Plus de douze fois, j'ai reporté cette bourse au seuil de sa porte ; mais lorsqu'elle est revenue une dernière fois, et que je me suis trouvé face à face avec elle, que pouvais-je faire ?

– Vous l'avez vue ! s'écria Meg ; vous l'avez vue ! Ah ! Lilian, ma chère fille ! ah ! Lilian ! Lilian !

– Je l'ai vue, continua Richard, plutôt en suivant lentement le cours de sa propre réflexion que pour répondre à Meg. Elle était là, tremblante… Comment est-elle, Richard ? m'a-t-elle dit. Parle-t-elle toujours de moi ? Est-elle maigrie ? Mon ancienne place à table ?… qu'y a-t-il à mon ancienne place ? et le métier sur lequel elle m'apprit à broder… l'a-t-elle brûlé, Richard ? Voilà ce qu'elle m'a dit. Elle était là ! »

Meg étouffa ses soupirs, et, les yeux inondés de larmes, se pencha pour écouter sans perdre une parole.

Richard resta accoudé sur ses genoux et penché en avant de sa chaise, comme si ce qu'il disait eût été écrit en caractères à peine lisibles sur le parquet, hésitant même quelquefois comme s'il avait quelque embarras à les déchiffrer. Il continua :

« Je suis tombée bien bas, Richard, m'a-t-elle dit, et vous devez comprendre combien j'ai souffert en me voyant renvoyer cette bourse, puisque je me décide à vous la rapporter encore moi-même. Mais vous l'avez aimée autrefois – beaucoup aimée, si j'ai bonne mémoire. On s'est interposé entre elle et vous… des craintes, des jalousies, des doutes, des piqûres d'amour-propre vous ont séparé d'elle… mais vous l'aimez, si j'ai bonne mémoire… Et c'est vrai, ajouta Richard, qui reprit après un moment d'interruption : – Eh bien ! Richard, si vous l'avez aimée… si vous avez encore quelques égards pour celle qui fut bonne comme elle, portez-lui ceci une dernière fois. Dites-lui une dernière fois combien je vous ai prié et supplié, dites-lui que j'ai appuyé ma tête sur votre épaule… où aurait pu s'appuyer sa tête à elle ; dites-lui combien je me suis humiliée devant vous, Richard ; dites-lui que vous m'avez regardée, que la beauté qu'elle aimait à vanter a disparu de mon visage… disparu tout-à-fait, et qu'à la place de cette Lilian si jolie, vous n'avez plus vu qu'une pauvre fille dont l'aspect blême la ferait pleurer ; dites-lui tout – reportez-lui cela, et elle ne vous refusera plus – elle n'en aura pas le cœur… »

Ainsi parlait Richard, répétant ces dernières phrases en homme qui parle dans un rêve, jusqu'à ce que, se réveillant encore, il se leva et dit :

« Vous ne voulez pas la prendre, Marguerite ? »

Elle secoua la tête et fit un geste suppliant pour l'engager à partir.

« Bonsoir, Marguerite.

– Bonsoir. »

Richard se retourna pour la regarder ; il fut frappé soudain de l'expression de son chagrin, et peut-être de la pitié pour lui-même qu'indiquait le tremblement de sa voix. Ce fut une émotion vive et rapide. Pendant un moment, un éclair de son ancien attachement sembla réchauffer ce cœur… mais le moment d'ensuite Richard s'en allait comme il était venu, et cet éclair faible d'une flamme éteinte ne put provoquer en lui la honte de sa dégradation.

Dans la situation où était Meg, il n'y a pas de chagrin, pas de torture de l'âme ou du corps qui dispense de travailler. Meg s'assit et se remit à son ouvrage. Minuit sonna, elle travaillait encore.

Meg avait un maigre feu ; la nuit étant très-froide, elle se levait par intervalles pour le raviver. Au moment où les cloches sonnèrent minuit et demi, elle entendit frapper doucement à sa porte. Avant de pouvoir se demander qui ce pouvait être à une pareille heure, la porte s'ouvrit.

Ô Jeunesse et Beauté, vous que le bonheur devrait accompagner toujours, vous qui êtes heureuses, regardez ! Ô Jeunesse et Beauté, vous qui charmez tout ce qui vous entoure, vous qui êtes une bénédiction du ciel, regardez !

Meg vit entrer une femme – elle prononça son nom avec un cri : Lilian ! Au même instant, Lilian tombait à ses genoux, se cramponnait à sa robe.

« Relevez-vous, ô ma chère ! relevez-vous, ma bien-aimée Lilian !

– Jamais, jamais plus, Meg ! Non, ici, ici, près de vous, attachée à vous, sentant votre souffle chéri sur mon visage.

– Ma Lilian ! bien chérie Lilian ! enfant de mon cœur. Aucun amour de mère ne saurait être plus tendre que le mien. Reposez votre tête sur mon sein.

– Jamais plus, Meg, jamais. La première fois que je vous vis, Meg, vous vous mîtes à genoux près de moi. C'est à genoux près de vous que je veux mourir. Ici, ici.

– Vous voilà revenu, mon trésor ! nous vivrons ensemble, travaillerons ensemble, espérerons ensemble, mourrons ensemble !

– Ah ! un baiser sur ma bouche, Meg ; vos bras autour de moi ; serrez-moi sur votre cœur ; regardez-moi de votre doux regard ; mais ne me relevez pas. Que ce soit ici ; laissez-moi à genoux pour voir une dernière fois votre visage chéri. »

Ô Jeunesse et Beauté, vous qui devriez être si heureuses, vous qui l'êtes, regardez ! ô Jeunesse et Beauté, vous qui êtes une bénédiction du ciel, regardez.

« Pardonnez-moi, Meg, vous, ma bien chérie ; pardonnez-moi. Je sais que vous me pardonnez, je le sais et je le vois – mais dites-le, Meg. »

Elle le dit en baisant le front de Lilian, et en serrant dans ses bras celle dont, hélas ! elle sentait battre pour la dernière fois le cœur désolé !…

« Que la bénédiction de celui qui pardonne dans le ciel soit avec vous, ma bien-aimée ! Encore un baiser, Meg. il souffrit que la Chananéenne s'assît à ses pieds et les essuyât avec ses cheveux. Ô Meg ! quel trésor de miséricorde ! »

Lorsqu'elle fut morte, le génie des carillons revint, innocent et radieux, toucha le vieillard de sa petite main et lui fit signe de le suivre.

QUATRIÈME QUART.

Les figures fantastiques des cloches ont reparu, mais dans une réminiscence plus incertaine ; les carillons ont sonné de nouveau, mais n'ont laisse qu'un écho plus vague ; l'essaim des fantômes s'est reproduit, mais pour s'évanouir plus rapidement dans la confusion de leur multitude innombrable ; une nouvelle série d'années s'est écoulée ; Trotty le sait, sans pouvoir s'expliquer comment, et le voilà qui, escorté par le petit génie, assiste à une scène de la vie humaine. Que d'embonpoint, quel teint vermeil, quel air confortable ! quel admirable couple ! car ils ne sont que deux, mais leurs visages ont des couleurs pour dix. Les voilà assis devant un feu brillant avec une petite table basse entre eux ; un parfum de thé chaud et de ces petits pains beurrés qu'on appelle muffins, avertit Trotty que cette table était tout-à-l'heure servie ; mais toutes les tasses et toutes les soucoupes sont propres et rangées à leur place, sur les rayons du buffet ; la fourchette aux rôties pend à son coin ordinaire, ouvrant ses quatre doigts oisifs comme une main tendue au gantier qui lui prend mesure. – Il ne restait plus d'autres indices visibles du petit régal qui venait d'avoir lieu que sur les moustaches du chat, qui imitait avec sa voix le bruit d'un rouet en se léchant encore, et dans le teint animé de son maître et de sa maîtresse, ce couple plus gras peut être que gracieux.

Ce bienheureux couple (mari et femme évidemment) avait fait un partage égal du feu et regardait les étincelles et les molécules ardentes qui tombaient dans la grille du foyer, tantôt s'oubliant dans un léger somme, tantôt se réveillant, lorsque quelque charbon plus gros se détachait de la masse et semblait menacer de la chute des autres.

Le feu n'était nullement en danger d'une extinction soudaine, car non-seulement il rayonnait dans la petite chambre, sur les panneaux de la porte vitrée et sur le rideau à demi tiré sur les carreaux, mais encore jusque dans la boutique au-delà, petite boutique tout-à-fait engorgée par l'abondance de ses denrées, vraie boutique vorace qu'on aurait pu comparer à ce gouffre vivant, l'estomac glouton du requin, pour qui tout est poisson. Tout passait par cette boutique : fromage, beurre, bûches, savons, cornichons, allumettes, lard, bière, champignons de garde-robe, confitures, cerfs-volants, graines de millet, jambon, balais de bouleau, pierres à foyer, sel, vinaigre, cirage, harengs saurs, papiers, sauces aux champignons, lacets de corset, pains, volants, œufs, crayons d'ardoise. Il serait difficile d'énumérer tous les autres articles accumulés dans cet entrepôt, tels que ficelles, oignons, chandelles, paniers à salade et brosses qui pendaient au plafond comme des fruits extraordinaires, tandis que diverses corbeilles de formes étrangères, exhalant des senteurs aromatiques, attestaient l'exactitude de l'enseigne qui informait le public que le marchand établi dans cette boutique était débitant patenté de thé, de café, de poivre et de tabacs.

Trotty put jeter un coup-d'œil sur ceux de ces articles que rendait visibles le rayonnement de la flamme du foyer, plutôt que la clarté moins gaie de deux lampes fumeuses allumées dans la boutique elle-même, mais qu'on eût dit étouffées par l'air épais ; puis, ramenant ses regards sur une des deux personnes assises près du feu, Trotty n'eut aucune peine à reconnaître son ancienne connaissance, la grosse Mrs. Chickenstalker, déjà très-disposée à la corpulence lorsqu'il avait eu affaire à elle dans son commerce d'épicière, cette Mrs. Chickenstalker à qui il devait un petit arriéré de compte.

Il lui fut plus difficile de se rappeler qui pouvait être son compagnon. Ce n'était pourtant pas la première fois qu'il avait vu ce large et triple menton, ces yeux étonnés qui semblaient avoir peur de se perdre tout-à-fait dans la graisse molle du visage ; ce nez affligé de l'infirmité d'un reniflement continu ; cette poitrine haletante, et les autres agréments naturels du personnage. En effet, l'associé de Mrs. Chickenstalker, son associé dans le commerce de l'épicerie, et son associé dans les accidents du mariage, fut à la fin reconnu pour l'ancien portier de sir Joseph Bowley, bienheureux apoplectique que l'imagination de Trotty avait assorti avec Mrs. Chickenstalker, depuis le jour qu'introduit par lui dans la maison de sir Joseph, il avait reçu une si grave semonce à propos de sa petite dette.

Trotty ne pouvait trouver un vif intérêt dans un pareil changement après tous ceux qu'il avait vus ; mais, par un irrésistible enchaînement de souvenirs et d'idées, il chercha involontairement derrière la porte du salon la planche noire où les comptes des pratiques étaient ordinairement inscrits à la craie. Il n'y aperçut pas son nom ; il y en avait d'autres, mais qui lui étaient étrangers et en plus petit nombre qu'autrefois, d'où il augura que le ci-devant concierge était partisan des affaires au comptant, et que sans doute il avait dû, en entrant dans le commerce, pourchasser activement les débiteurs de Mrs. Chickenstalker.

Le pauvre Trotty était si triste d'être seul, si triste surtout d'avoir vu périr toutes les espérances que lui avait jadis données la jeunesse de sa fille, que ce fut pour lui une sensation amère de ne pas trouver son nom dans le memorandum de Mrs. Chickenstalker.

« Quel temps fait-il, Anne ? demanda l'ex-portier de sir Joseph Bowley en étendant ses jambes devant le feu et les frictionnant là où pouvait atteindre son bras un peu court. – Quel temps fait-il ?… Ce qui eût signifié pour qui eût interprété l'expression de sa physionomie : – S'il fait mauvais temps, me voici près du feu, et s'il fait beau, je ne me soucie guère de sortir.

– Il fait un vent piquant, il grésille, répondit sa femme, et le ciel menace de la neige… il fait sombre et très-froid.

– Je suis charmé que nous ayons eu des muffins, reprit l'ex-portier du ton d'un homme qui a mis sa conscience en repos. C'est la soirée qu'il faut pour avoir des muffins… et des crumpets et des sally-lunns. »

L'ex-portier énuméra successivement ces espèces de friandises, comme s'il eût fait d'un air rêveur l'addition de ses bonnes œuvres. Après quoi, il frictionna encore une fois ses grosses jambes, et, livrant au feu ses genoux, il se mit à rire comme par l'effet d'un invisible chatouillement.

« Vous êtes en belle humeur, Tugby, mon cher ami, » remarqua sa femme.

La signature commerciale était Tugby, ci-devant Chickenstalker.

« Non, dit Tugby ; non, rien de trop… je suis un peu animé… les muffins étaient parfaits. »

Et ce disant, il se mit à rire à en devenir pourpre et presque noir. Il crut étouffer, et, pour dissiper ce dangereux afflux du sang veineux à la face, il fit faire à ses grosses jambes les plus étranges cabrioles dans l'air, si bien que sa femme, pour le ramener à une attitude décente, fut forcée de le frapper violemment entre les deux épaules et de le secouer comme on fait d'une grosse bouteille.

« Merci du ciel ! et que Dieu vienne en aide au pauvre homme ! s'écria Mrs. Tugby, en grand émoi de terreur. Que fait-il donc ? »

M. Tugby s'essuya les yeux et répéta qu'il était un peu animé.

« Eh bien, ne recommencez plus, ma chère âme, dit Mrs. Tugby, si vous ne voulez me faire mourir de frayeur avec vos luttes contre vous-mêmes.

– Non, non, ma chère, répondit M. Tugby, quoique toute ma vie soit une lutte. » En effet, à en juger par sa respiration de plus en plus haletante et par le pourpre de plus en plus foncé de son visage, cette continuelle lutte ne le fortifiait guère.

« Ainsi donc, il fait du vent, il grésille, il va tomber de la neige, il fait sombre et très-froid, n'est-ce pas, ma chère ? dit M. Tugby en regardant le feu et revenant à son accès d'animation.

– Oui, il fait un très-mauvais temps, répondit sa femme en hochant la tête.

– Oui, oui, reprit M. Tugby ; les années, sous ce point de vue, sont comme les chrétiens, qui, les uns, ont une mort pénible, les autres une mort douce. Celle-ci n'a plus que quelques jours à courir et se débat avant d'expirer… je ne l'en aime que davantage… Voici une pratique, ma chère âme. »

Attentive au bruit de la porte, Mrs. Tugby s'était déjà levée.

« Eh bien ! qu'y a-t-il ? que veut-on ? dit-elle en passant dans la petite boutique… Ah ! monsieur, je vous demande pardon ; je ne savais pas que ce fût vous. »

Cette excuse s'adressait à un monsieur en noir, qui, son chapeau négligemment retroussé d'un côté, ses revers de manches relevés et les mains dans ses poches, s'assit sur le baril contenant la bière et répondit avec un hochement de tête :

« Cela va mal là-haut, mistress Tugby. Cet homme n'a pas longtemps à vivre.

– Ce n'est pas du locataire de la mansarde que vous parlez ? s'écria M. Tugby, qui vint dans la boutique se mêler à l'entretien.

– Le locataire de la mansarde, monsieur Tugby, dit le monsieur en noir, descend rapidement et sera bientôt plus bas que le rez-de-chaussée. »

En s'exprimant ainsi, le monsieur regardait alternativement Tugby et sa femme, sondait le baril avec le dos de la main, et ayant trouvé le vide, il joua un air sur la douve.

« Le locataire de la mansarde s'en va, monsieur Tugby, reprit-il, voyant que Tugby écoutait dans une consternation silencieuse.

– Alors, dit Tugby, se tournant vers la femme, il faut qu'il s'en aille avant de s'en aller.

– Je ne pense pas que vous puissiez le faire transporter, dit le monsieur en noir, qui secoua la tête ; je ne prendrais pas sur moi la responsabilité de dire qu'on peut le faire transporter. Il vaut mieux le laisser où il est. Il ne peut vivre longtemps.

– Ce locataire, dit Tugby, dont le poing fermé envoya le plateau de la balance au beurre frapper contre le comptoir, ce locataire est le seul sujet à propos duquel nous ayons jamais eu maille à partir ensemble, ma femme et moi, et voyez où cela finit. Il va mourir ici… il va mourir dans notre maison…

– Et où serait-il allé mourir, Tugby ? s'écria Mrs. Tugby.

– Dans la maison de travail, reprit-il. Pourquoi sont faites les maisons de travail ?

– Ce n'est pas pour cela, dit Mrs. Tugby avec énergie. Non, non. Ce n'est pas pour cela non plus que je vous ai épousé. Ne le pensez pas, Tugby. Je ne saurais y consentir : je préférerais divorcer et ne plus vous revoir. Lorsque mon nom de veuve était seul sur cette porte… et il y est resté pendant de longues années, – cette maison appelée alors la maison de Mrs. Chickenstalker et citée partout pour son crédit et sa bonne renommée… lorsque mon nom de veuve était sur cette porte, Tugby, j'ai connu ce locataire comme un brave jeune homme, beau et plein de courage ; je l'ai connue, elle, sa femme, comme la plus gracieuse et la plus douce fille qu'on ait jamais vue… j'ai connu son père (pauvre vieillard ! il se lais-sa tomber du clocher dans un accès de somnambulisme et se tua…) j'ai connu son père pour le plus simple, le plus innocent et le plus laborieux des hommes… avant que je les mette à la porte de ma maison, puissent les anges me fermer celle du ciel… ce qu'ils feraient !… et je le mériterais. »

Pendant qu'elle prononçait ces paroles, Mrs. Tugby redevenait l'an-cienne Mrs. Chickenstalker, celle dont la face était si fraîche et si potelée avant que les rides des années y eussent pris la place des fossettes de l'embonpoint, et lorsqu'elle eut essuyé ses yeux, puis fait à Tugby avec la tête et son mouchoir un signe expressif de fermeté, d'une fermeté qui défiait toute résistance, – Trotty dit : Dieu la bénisse ! Dieu la bénisse ! – Il écouta ensuite, le cœur ému, pour savoir ce qui allait suivre, ne sachant rien encore, excepté qu'il s'agissait de Meg.

Si Tugby avait été un peu animé dans le petit salon, il balança grande-ment son compte en se montrant l'oreille basse dans la boutique, où il res-ta les yeux fixés sur sa femme sans même essayer de lui répondre, trans-férant, toutefois, soit par distraction, soit par précaution, tout l'argent du comptoir dans ses poches. Le monsieur en noir, qui semblait être quelque membre inférieur de la faculté chargé spécialement de visiter les pauvres, était évidemment trop accoutumé à être témoin de petits différends entre mari et femme pour songer à intervenir par quelque observation en cette circonstance. Il resta assis sur le baril à bière, sifflotant un air et égouttant par terre la canelle, jusqu'à ce que le calme fût rétabli : alors il releva la tête et dit à Mrs. Tugby, ci-devant Mrs. Chickenstalker :

« La femme me semble intéressante ? comment l'a-t-elle épousé ?

– Oh ! cela, monsieur, répondit Mrs. Tugby prenant un siège près de son interlocuteur, oh ! cela n'est pas le moins cruel chapitre de son histoire. Ils s'étaient fréquentés, voyez-vous, plusieurs années auparavant. Richard et elle. Lorsqu'ils faisaient tous les deux un couple jeune et beau, tout avait été conclu et ils devaient se marier le premier jour de l'an. Mais je ne sais trop comment, Richard se mit dans la tête, d'après ce que certains messieurs lui dirent, qu'il ferait mieux de ne pas se marier et qu'elle n'était pas assez riche pour lui. Les mêmes messieurs lui firent peur à elle-même, lui persuadant que Richard l'abandonnerait un jour ; qu'elle aurait des enfants qui seraient du gibier de potence ; que c'était mal de se marier, et bien d'autres phrases encore. Bref, ils attendirent, attendirent, et perdirent toute confiance l'un dans l'autre, si bien qu'à la fin le mariage fut rompu. Mais tout le tort fut du côté de Richard ; car, monsieur, elle l'aurait épousé avec joie. J'ai vu mainte fois son cœur se gonfler lorsqu'il passait près d'elle en se donnant un air insouciant et fanfaron. Jamais femme ne fut plus sincèrement affligée qu'elle lorsque Richard tourna mal.

— Ah ! il tourna mal, dit le monsieur en noir retirant le tampon du baril à bière et essayant de regarder par l'ouverture.

— En vérité, monsieur, je ne sais trop s'il savait ce qu'il faisait. Je crois que son esprit s'était un peu troublé par suite de leur rupture, et que si ce n'eût été sa mauvaise honte devant ces messieurs, et peut-être aussi l'incertitude de la manière dont elle prendrait son retour à elle, il aurait passé par bien des peines et des épreuves pour avoir la promesse de Meg et son consentement à l'épouser. C'est mon idée. Il n'en dit rien : ce dont il faut le plaindre encore. Il s'adonna à la boisson, à la fainéantise, à la mauvaise compagnie. Tristes ressources pour s'étourdir et oublier quel heureux ménage il aurait pu avoir ! Il perdit sa bonne mine, sa bonne réputation, sa bonne santé, ses forces, ses amis, son ouvrage… tout !

— Il ne perdit pas tout, mistress Trugby, dit le monsieur en noir, puisqu'il gagna une femme, et je voudrais savoir comment ?

— J'y viens, monsieur, j'y suis tout à l'heure. Cela dura plusieurs années ainsi ; lui, tombant de plus en plus bas, elle, la pauvre créature, souffrant toutes les misères qui auraient dû user sa vie. Enfin il fut si mal noté que personne ne voulut plus l'employer ou faire attention à lui, et partout où il se présentait on lui fermait la porte. En errant de maison en maison, il s'adressa pour la centième fois à un monsieur qui l'avait souvent fait travailler (il était toujours un bon ouvrier). Ce monsieur, qui savait son histoire, lui dit : Je vous crois incorrigible. Il n'est qu'une personne au monde qui peut-être saurait vous ramener dans le bon chemin : qu'elle s'en charge et je me fierai encore à vous. Ce fut ce que ce monsieur lui dit, ou quelque chose comme cela, dans sa mauvaise humeur.

– Ah ! dit le monsieur en noir. Eh bien !

– Eh bien, monsieur, il alla trouver Meg, se jeta à ses genoux, lui raconta ce qui en était, la suppliant de le sauver.

– Et elle ? modérez votre émotion, mistress Tugby.

– Elle vint ce même soir à moi pour me demander de loger ici. « Ce qu'il fut jadis pour moi, me dit-elle, n'existe plus. Il est dans le cercueil côte à côte avec ce que j'étais moi-même. Mais j'ai réfléchi et je ferai cette épreuve. Je la ferai dans l'espoir de le sauver ; pour l'amour de cette innocente Meg (vous vous la rappelez) qui devait l'épouser le premier jour de l'an, et pour l'amour de son Richard. Il est venu d'ailleurs, ajouta-t-elle, au nom de Lilian. Lilian a eu confiance en lui, je ne pourrai jamais oublier cela. » Ils se marièrent donc, et lorsqu'ils vinrent s'établir ici, je me dis en les voyant : J'espère que les prophéties qui les ont séparés dans leur jeunesse ne se réalisent pas toujours. Je ne voudrais pas être ceux qui font de ces prophéties… pour une mine d'or. »

Le monsieur en noir descendit du baril et dit en prenant une attitude nouvelle : « Je suppose qu'il la maltraita lorsqu'ils furent mariés.

– Je ne crois pas qu'il l'ait jamais maltraitée, dit mistress Tugby en secouant la tête et s'essuyant les yeux… Il se rangea pendant quelque temps. Mais ses habitudes étaient trop enracinées… Il retomba bientôt dans ses vices, et les choses seraient allées de pire en pire lorsqu'il a été atteint de cette dangereuse maladie. Je crois qu'il a toujours aimé Meg… j'en suis sûre. Je l'ai vu dans ses accès de larmes et ses tremblements nerveux essayer de lui baiser la main. Je l'ai entendu appeler sa chère Meg et parler d'elle comme lorsqu'elle avait dix-neuf ans. Voici des semaines et des mois qu'il est sur son lit de douleur. Partagée entre lui et son enfant, elle n'a pu travailler comme autrefois ; en ne pouvant plus être exacte elle aurait perdu son ouvrage quand bien même elle aurait pu le faire. Je ne sais comment ils ont fait pour vivre.

– Je le sais, moi, » marmotta M. Tugby en regardant tour-à-tour le comptoir, la boutique et sa femme avec des roulements d'yeux significatifs « comme de vrais coqs de combat ! »

Il fut interrompu par un cri, un cri lamentable, qui venait de l'étage supérieur de la maison. Le monsieur en noir se précipita vers la porte.

« Ma chère dame, dit-il quand il eut écouté, vous n'avez pas besoin de discuter s'il peut être transporté ou non. Il vous en a épargné la peine, je crois. » En parlant ainsi, il monta, suivi par Mrs. Tugby, tandis que M. Tugby suivait aussi, plus à loisir, soufflant et grognant, car il respirait moins facilement encore que de coutume, ayant à supporter le fardeau additionnel du contenu du comptoir, dans lequel s'était trouvée une incommode quantité de monnaie de cuivre. Trotty, avec le génie à son côté, s'élança dans l'escalier, aussi léger que l'air. « Suis-la, suis-la, suis-la. » Ces paroles articulées par les figures fantastiques des cloches, Trotty les entendit répéter en gravissant les marches, « suis-la et instruis-toi par l'exemple de la créature la plus chère à ton cœur. »

C'en était fait ! c'en était fait ! – Quoi ! c'était là Meg, elle, l'orgueil et la joie de son père ! Elle, cette malheureuse aux yeux hagards qui pleurait près du lit, si l'on pouvait l'appeler un lit ; qui pressait un enfant sur son sein, qui se penchait la tête sur lui. Et quel enfant ! maigre, maladif… Ô pauvre enfant ! mais elle l'aimait !

« Dieu soit loué ! s'écria Trotty en joignant les mains. Oh ! Dieu soit loué ! elle aime son enfant ! »

Le monsieur en noir n'était pas plus dur, pas plus indifférent que le sont ceux qui, comme lui, exposés à voir tous les jours de pareilles scènes, savent bien que ce ne sont que des chiffres insignifiants dans la statistique de M. Filer – un trait de plume dans ses calculs ; – il posa la main sur le cœur qui ne battait plus, écouta pour s'assurer que le souffle était éteint, et dit : Il ne souffle plus, mieux vaut pour lui ! Mrs. Tugby essaya de consoler Meg avec d'affectueuses paroles, M. Tugby avec de la philosophie.

« Allons, allons ! dit-il, toujours les mains dans les poches : il ne faut pas vous désespérer, voyez-vous ! cela ne serait pas bien ; il faut lutter. Que serais-je devenu si j'avais cédé lorsque j'étais concierge ? Une nuit nous n'eûmes pas moins de six carrosses dont les chevaux s'emportèrent contre notre porte mais j'appelai à mon secours toute ma force d'âme, et je n'ouvris pas. »

Trotty entendit encore ici les voix répéter : « Suis-la. » – Il se tourna vers son guide, vit qu'il s'éloignait de lui et s'évanouissait dans les airs après lui avoir crié aussi : « Suis-la. »

Il s'attacha à la personne de sa fille ; il alla et vint autour d'elle, il s'assit à ses pieds, il chercha à découvrir dans son visage quelques-uns de ses traits d'un autre temps, dans sa voix quelques-uns de ces accents autrefois si doux. Il alla et vint aussi autour de l'enfant. – Cet enfant si malingre, si prématurément vieilli, si grave, si triste, si plaintif, et dont les petits cris étaient si déchirants à cause de leur faiblesse même ; Trotty éprouvait presque pour cet enfant une véritable adoration ; il voyait en lui l'unique sauvegarde de la mère, le dernier lien qui la retenait à la vie. Toute la confiance de cet infortuné père s'appuyait sur cette frêle créature. Il épiait tous les regards de Meg pendant qu'elle le tenait dans ses bras. Et mille fois il répéta : « Elle l'aime ! Dieu soit loué ! elle l'aime. »

Il vit Mrs. Tugby avoir soin de Meg pendant la nuit, la quitter un moment, mais pour revenir la trouver quand son mari grondeur fut endormi et que tout fut rentré dans le silence ; il la vit pleurer avec elle, l'encourager, lui servir des aliments. Trotty vit le jour renaître, puis la nuit encore… le cadavre emporté de la maison mortuaire, Meg laissée seule dans la chambre avec son enfant. Il entendit l'enfant gémir et pleurer ; il le vit la tourmenter, l'excéder, et lorsqu'elle tombait dans un sommeil d'épuisement, la réveiller soudain, l'attirer à lui, et avec ses petites mains la torturer encore ; mais elle ne se lassait pas de lui prodiguer ses soins, ses caresses, sa patience. Sa patience ! n'était-elle pas sa mère, sa tendre mère ? n'était-il pas encore une partie d'elle-même, comme lorsqu'elle le portait dans son sein ?

Cependant elle était livrée à la misère, mourant de langueur, de souffrance et de privations. L'enfant dans ses bras, elle se mit à errer çà et là, demandant de l'ouvrage, sans quitter un moment le pâle nourrisson qui sommeillait sur ses genoux ou fixait ses yeux sur les siens ; elle acceptait toute espèce de travail pour la plus misérable somme, un jour et une nuit de travail pour autant de liards qu'il y a de chiffres sur le cadran. Quoi ! jamais aucun reproche n'échappa à ses lèvres ! jamais elle ne négligea son enfant, jamais elle ne lui adressa un regard de colère ! … et si dans un instant de délire elle l'avait frappé ! … non, non, jamais ! Trotty se rassurait en voyant qu'elle l'aimait toujours.

Elle ne confiait à personne sa détresse, et s'en allait errer pendant le jour, de peur d'être questionnée par son unique amie, car tous les secours qu'elle recevait des mains de celle-ci provoquaient de nouvelles disputes entre cette excellente femme et son mari. C'était donc un surcroît d'amertume pour elle d'être une cause journalière de discorde là où elle avait tant d'obligations.

Elle aimait toujours l'enfant ; elle l'aimait de plus en plus ; mais une nouvelle vicissitude survint dans son existence de mère malheureuse.

Un soir… elle chantait à demi-voix pour l'endormir, en se promenant dans sa chambre pour le bercer contre son cœur, lorsque la porte s'ouvrit, et un homme se montra.

« Pour la dernière fois ! dit-il.

– William Fern !

– Pour la dernière fois ! » Il écouta comme un homme qui se sait poursuivi ; puis dit tout bas :

« Marguerite, je suis arrivé au terme. Je ne pouvais finir ma carrière sans vous dire adieu, sans vous apporter une parole de reconnaissance.

– Qu'avez-vous fait ? » demanda-t-elle en le regardant avec terreur.

Il la regarda à son tour, mais sans répondre.

Après un moment de silence, il fit un geste de la main, comme écartant sa question, une question qui lui faisait mal, et dit :

« Il s'est passé bien du temps depuis cette nuit. Marguerite ; mais elle est toujours restée présente à ma mémoire. Nous ne pensions guère alors, ajouta-t-il en promenant son regard autour de la chambre, nous ne pensions guère que nous nous retrouverions ainsi. Votre enfant, Marguerite ? laissez-le-moi tenir dans mes bras ; laissez-moi tenir votre enfant. »

Il mit son chapeau par terre, prit l'enfant, et en le prenant trembla de la tête aux pieds.

« Est-ce une fille ?

– Oui. »

Il mit une main sur ce petit visage.

« Voyez combien je suis devenu faible, Marguerite, puisque je n'ai pas le courage de la regarder ; laissez-la-moi encore un moment, je ne lui ferai point mal. Voilà bien longtemps, mais… quel est son nom ?

– Marguerite, répondit-elle vivement.

– Je suis charmé de cela, dit-il, j'en suis charmé. »

Il sembla respirer plus librement, et après un court intervalle retira sa main pour regarder la figure de l'enfant, mais pour la remettre aussitôt.

« Marguerite ! dit-il, et en lui rendant l'enfant il ajouta : C'est la figure de Lilian.

– De Lilian !

– J'ai tenu la même créature dans mes bras le jour où la mère de Lilian mourut et la laissa orpheline.

– Lorsque la mère de Lilian mourut et la laissa !… répéta-t-elle avec une étrange émotion.

– Comme vous vous exprimez vivement ! pourquoi fixez-vous ainsi les yeux sur moi, Marguerite ? »

Elle se laissa tomber sur une chaise, pressa l'enfant sur son sein et pleura. Tantôt elle cessa de l'embrasser pour attacher sur son visage un regard inquiet, tantôt elle le pressait de nouveau sur son sein. Ce fut dans ce moment, pendant qu'elle regardait l'enfant, qu'il commença à se mêler quelque chose de farouche et de terrible à son amour. Ce fut alors que son vieux père frémit.

« Suis-la, reçois cette leçon de celle qui t'es si chère ! »

Ces paroles des cloches retentirent dans toute la maison.

« Marguerite, dit Fern en la baisant au front, je vous remercie pour la dernière fois. Bonsoir. – Adieu. Mettez votre main dans la mienne. Dites-moi que vous allez m'oublier et vous persuader que c'est ici, devant vous, que j'ai cessé de vivre.

– Qu'avez-vous fait ! lui demanda-t-elle encore.

– Il y aura un incendie ce soir, répondit-il en s'écartant d'elle. Il y aura des incendies tout cet hiver pour éclairer les nuits sombres, à l'est, à l'ouest, au nord, au midi. Quand vous verrez au loin le ciel devenir rouge, ce sera la flamme de l'incendie. Quand vous verrez au loin le ciel devenir rouge, ne pensez plus à moi, ou si vous y pensez, rappelez-vous quel enfer fut allumé au dedans de moi, et figurez-vous que vous en Voyez les feux se réfléchir dans les nuages. Bonsoir. – Adieu. »

Elle l'appela, mais il était parti. Elle s'assit toute stupéfaite, jusqu'à ce que son enfant lui fît de nouveau éprouver la triple sensation de la faim, du froid et des ténèbres. Elle passa la nuit, toute la nuit, à essayer de le calmer et l'endormir, répétant par intervalles : « Semblable à Lilian, lorsque sa mère mourut et la laissa !... » Oh ! pourquoi ce pas précipité, ce regard si étrange, cet amour de mère si farouche et si terrible, chaque fois qu'elle répétait ces mots ?

« Mais c'est de l'amour, se dit Trotty, c'est de l'amour ; elle ne cessera jamais de l'aimer… ma pauvre Meg ! •

Le lendemain matin elle habilla l'enfant avec un redoublement de soins. Ah ! soins bien inutiles avec de pareils langes ! et puis elle voulut encore aller chercher quelques moyens de subsister. C'était le dernier jour de la vieille année ; elle chercha jusqu'à la nuit… sans rien manger ; elle chercha et ne trouva rien.

Elle se mêla à une foule abjecte, qui attendait dans la neige qu'il plût à l'un des agents de la charité publique (la charité légale, non pas celle que Jésus prêcha sur la montagne) de faire entrer tous ces misérables pour les questionner, et dire à celui-ci : « Allez à tel endroit ; » à celui-là ; « Repassez, la semaine prochaine, » et faire d'un troisième une sorte de balle qu'on se renvoie de l'un à l'autre, de main en main, de maison en maison, jusqu'à ce qu'il tombe et meure, ou se relève et commette un vol, ce qui est devenir un criminel d'un grade supérieur, dont les droits n'admettent aucun délai. Là encore Meg échoua : elle aimait son enfant, elle voulait le tenir pressé sur son cœur. Il n'en fallait pas davantage.

Il était nuit, nuit noire et froide ; embrassant étroitement l'enfant pour se réchauffer l'un par l'autre, elle arriva à la porte de la maison qu'elle appelait son chez elle. Elle était si faible et si étourdie, qu'elle ne s'aperçut pas qu'il y avait quelqu'un sur le seuil, et elle allait le franchir, lorsqu'elle reconnut le maître de la maison, qui s'était placé en travers, et de manière (chose facile avec sa corpulence) qu'il remplissait toute l'entrée.

« Ah ! dit-il doucement, vous voilà revenue. »

Elle regarda l'enfant et secoua la tête.

« Ne pensez-vous pas avoir vécu ici assez longtemps sans payer de loyer ? dit Tugby ; ne pensez-vous pas que n'ayant pas d'argent vous avez été assez longtemps une pratique assidue de cette boutique ?.

Elle répondit encore par le même regard muet.

« Supposons que vous alliez essayer de vous pourvoir ailleurs ; supposons que vous trouviez un autre logement allons, voyons, ne pensez-vous pas que vous pourriez y parvenir ? »

Elle répondit à voix basse qu'il était bien tard… demain…

« Maintenant je vois ce que vous voulez, dit Tugby, et je devine votre intention. Vous savez qu'il y a deux partis à votre sujet dans cette maison, et vous prenez plaisir à les mettre aux prises. Je ne veux pas de querelle, moi ; je vous parle doucement pour éviter une querelle : mais si vous ne partez pas, je parlerai haut, et vous serez cause d'un tapage comme vous l'aimez ; mais vous n'entrerez pas ; à cela je suis bien déterminé. »

Elle rejeta en arrière les cheveux qui cachaient son front, et son regard chercha le ciel à l'horizon brumeux.

Sans s'occuper de ce qu'exprimait cet appel spontané à la Providence, Tugby, qui était en petit ce que sir Joseph Bowley était en grand, l'Ami et le Père des pauvre, – Tugby continua :

« Voici la dernière nuit de l'année ; je ne veux pas transférer à l'année qui arrive l'humeur, les querelles et les discordes de celle qui s'en va. Je m'étonne que vous ne soyez pas honteuse vous-même de vouloir le faire ; si vous n'avez pas dans ce monde d'autre mission que de provoquer toujours des disputes entre maris et femmes, vous feriez mieux d'en sortir. Partez donc… »

« Suis-la ! suis-la où le désespoir l'appelle ! »

Trotty entendit ces paroles articulées par les cloches, et levant les yeux, il vit leurs figures fantastiques planer dans les airs en lui indiquant du doigt la route que prenait Meg à travers les ténèbres de la rue.

« Elle l'aime ! s'écria-t-il dans son angoisse suppliante. Cloches ! elle l'aime toujours… »

« Suis-la ! » et à ces mots les ombres se précipitèrent sur les pas de Meg, comme les nuages qu'emporte l'ouragan.

Trotty suivit de près sa pauvre fille, cherchant à lire dans son visage ; il y vit la même expression, farouche et terrible, se mêler à celle de son amour et enflammer ses yeux. Il l'entendit qui disait : « Comme Lilian, pour changer comme Lilian… » et en parlant ainsi elle redoublait de vitesse.

Oh ! si quelque chose pouvait la réveiller ! quelque objet, quelque son, quelque douce image du passé, quelque parfum qui rappellerait un tendre souvenir dans ce cerveau en feu !

« J'étais son père ! j'étais son père ! s'écriait le vieillard en tendant les mains aux ombres qui volaient sur sa tête ; ayez pitié d'elle et pitié de moi. Où va-t-elle ? ramenez-la… j'étais son père ! »

Mais les sombres figures la montraient du doigt en suivant sa marche rapide, et répondaient : « Au désespoir… reçois cette leçon de celle qui te fut si chère ! »

Cent voix répétèrent cette phrase comme un écho. Trotty crut respirer un air composé du souffle de ces voix ; il ne pouvait leur échapper : elles étaient partout. Et cependant Meg courait toujours, avec la même flamme dans les yeux, répétant les mômes paroles : « Comme Lilian ! pour changer comme Lilian. » Tout-à-coup elle s'arrêta.

« Maintenant, ramenez-la, s'écria le vieillard arrachant ses cheveux blancs. Ma fille ! Meg ! ramenez-la… Dieu du ciel, ramenez-la… »

De ses mains fiévreuses, elle caressa les petits membres de l'enfant, arrangea sa tête, et disposa de son mieux la toilette de ses misérables langes, puis l'enveloppant dans son châle usé, elle le serra dans ses bras amaigris comme si elle ne voulait plus le quitter, et ses lèvres arides lui donnèrent un dernier baiser, la caresse d'adieu de son amour et de son angoisse maternelle ; elle mit sa petite main sur son sein, et puis la porta à son cœur désolé, appuyant son front endormi sur sa bouche, et, dans cette attitude, elle courut à la rivière…

À la rivière rapide et noire, où la nuit d'hiver étendait ses ombres, semblables aux dernières pensées de ceux qui ont cherché sous ses flots un refuge contre le malheur, – à la rivière, où les fanaux épars sur les deux bords brillaient d'une lueur rougeâtre et lugubre comme des torches allumées là exprès pour montrer le chemin de la mort, – à la rivière, où les ténèbres étaient trop épaisses et trop impénétrables pour réfléchir l'ombre d'aucune demeure de vivants.

À la rivière ! c'est vers cette porte de l'éternité qu'elle dirigeait ses pas désespérés avec une vitesse égale à celle des flots courant à la mer. Trotty essaya de la toucher lorsqu'elle le dépassa dans sa course ; mais rien ne pouvait plus arrêter cette infortunée, entraînée par le délire et le désespoir, cette mère qui n'écoutait plus que l'instinct farouche et terrible de son amour.

Il la suivit : elle s'arrêta un moment sur la rive avant de se précipiter. Trotty tomba à genoux, implorant avec un cri lamentable les esprits des cloches qui l'entouraient.

« Je l'ai reçue, cette leçon, disait-il, je l'ai reçue de l'être le plus cher à mon cœur Oh ! sauvez-la ! sauvez-la ! »

Il put enfin cramponner ses doigts à sa jupe et la retenir. En prononçant sa prière, il sentit renaître en lui le sens du toucher et la force de saisir sa fille.

Les spectres le regardaient d'un air sérieux.

« J'ai reçu la leçon, répéta le vieillard… ah ! ayez pitié de moi en ce moment ; pardonnez, si, dans mon amour pour elle, pour elle si jeune et si belle, j'ai outragé la Nature par ma condamnation des mères poussées au désespoir ! Ayez pitié de ma présomption, de mes pensées coupables, de mon ignorance et sauvez-la. »

Il sentit sa main faiblir : les fantômes se taisaient encore.

« Ayez pitié d'elle ! s'écria-t-il, car cet épouvantable crime lui fut inspiré par l'égarement de son amour même, et l'amour le plus fort et le plus profond que nous puissions connaître, créatures déchues que nous sommes… Songez à quel excès de misère elle a été réduite lorsque de pareilles semences portent de pareils fruits… Le ciel l'avait fait naître pour être bonne. Il n'est pas de tendre mère qui ne puisse être amenée là si elle avait souffert comme celle-ci… Oh ! ayez pitié de ma fille, qui dans cet acte même croit se dévouer à son enfant, et risque en mourant le salut de son âme immortelle pour le sauver. »

Elle était dans ses bras ; Trotty l'y tenait embrassée ; il avait la vigueur d'un géant.

« Je vois le génie des carillons parmi vous, s'écria Trotty en désignant son guide et parlant avec l'accent d'une sorte d'inspiration qu'il puisait dans le regard que lui adressaient les fantômes ; je sais à présent que notre héritage est tenu en réserve pour nous dans les trésors du Temps… Je sais qu'un jour le Temps lui-même doit se lever comme une vaste mer, qui balaiera devant elle tous ceux qui nous outragent ou nous oppriment. J'aperçois de loin ses premiers flots ; je sais que nous devons avoir confiance et espoir, ne pas douter de nous-mêmes ni douter des bons sentiments de nos semblables. C'est une leçon que j'ai reçue de la créature la plus chère à mon cœur… Je la serre de nouveau dans mes bras. Oh ! esprits des cloches, bons et compatissants esprits, je tiens cette leçon avec ma fille sur mon cœur… Esprits bons et compatissants, je suis plein de reconnaissance. »

Il en aurait dit davantage sans les cloches ; mais les cloches, ses anciennes amies, ses amies chéries, constantes et fidèles, commencèrent à faire retentir leur carillon, annonçant la nouvelle année si énergiquement, si joyeusement, si heureusement, si gaîment, que Trotty se leva en sursaut, et il rompit le charme qui le liait…

« Et à l'avenir, mon père, dit Meg, vous ne mangerez plus de tripes avant d'avoir demandé à un docteur si elles conviennent à votre estomac… car, bonté du ciel, quel cauchemar vous avez eu ! »

Elle était à la petite table près du feu, occupée à coudre, attachant des rubans à sa simple robe pour la noce, si calme, si heureuse, si brillante de fraîcheur et de santé, si belle des promesses de l'avenir, que Trotty poussa un cri comme s'il apercevait un ange dans sa maison, et il courut à elle pour la serrer dans ses bras. Mais il s'embarrassa les pieds dans le journal qui était tombé sur le plancher, et quelqu'un entra qui se plaça entre le père et la fille.

« Non, cria ce quelqu'un d'une voix sonore et joyeuse, pas même vous, pas même vous. Le premier baiser de Meg le jour de l'an, est à moi ; à moi ! Voilà une heure que, pour le réclamer, j'attends sur la porte le signal des cloches. Meg, ma chère fiancée, bonne année ! une vie d'années heureuses, ma femme bien-aimée. »

Et Richard ne se contenta pas d'un seul baiser. Jamais dans votre vie vous n'avez vu un homme plus ravi que Trotty : quand je dis dans votre vie, peu m'importe où vous avez vécu et ce que vous avez vu… jamais dans votre vie vous n'avez vu quelque chose qui en approchât. Il s'assit sur sa chaise, frappa des mains sur ses genoux et pleura. Il s'assit sur sa chaise, frappa des mains sur ses genoux et rit. Il s'assit sur sa chaise, frappa des mains sur ses genoux, rit et pleura à la fois. Il se leva et embrassa Meg ; il se leva et embrassa Richard ; il se leva et les embrassa tous les deux ensemble. Il courut à Meg, pressa ses joues fraîches entre ses mains et les baisa ; se retirant ensuite à reculons pour ne pas la perdre de vue, et revenant à elle comme un personnage de lanterne magique, se levant et se r'asseyant tour-à-tour, sans pouvoir un moment rester en place ; car Trotty, disons la vérité, était hors de lui par excès de joie.

« Et c'est demain votre jour de noces, ma mignonne, s'écria Trotty ; votre vrai, votre heureux jour de noces.

– Aujourd'hui ! répliqua Richard en échangeant avec lui une poignée de mains, aujourd'hui ! les cloches sonnent la nouvelle année. Écoutez-les. »

Elles sonnaient en effet ! Bénies soient leurs poitrines de bronze. Elles sonnaient ! Nobles cloches, mélodieuses cloches, ce n'était pas d'un métal ordinaire qu'elles étaient faites, ce n'était pas un artiste ordinaire qui les avait fondues ! Quand avaient-elles jamais carillonné ainsi ?

« Mais, demanda Trotty, aujourd'hui, je veux dire hier, vous avez eu une petite querelle avec Richard ?

– C'est qu'il est si méchant, père, répondit Meg. N'est-ce pas, Richard, que vous l'êtes ? et bien entêté, bien violent ! Il ne se serait pas plus gêné pour dire sa façon de penser à ce grand alderman, et pour le supprimer, comme il disait, que pour…

– Que pour prendre encore un baiser à Meg, poursuivit Richard, et il le fit.

– Non. C'est assez comme cela ! dit Meg. Mais je ne l'ai pas voulu laisser faire, mon père ; à quoi bon ?

– Richard, mon garçon, s'écria Trotty, vous êtes né avec de l'atout dans votre jeu et vous en aurez jusqu'à ce que vous mouriez… Mais vous pleuriez hier au soir auprès du feu, ma mignonne, quand je suis rentré. Pourquoi pleuriez-vous ?

– Je pensais aux années que nous avons passées ensemble, mon père. Ce n'était que cela. Je pensais que vous alliez vous trouver seul… »

Trotty allait encore recommencer son manège avec cette chaise extraordinaire où il avait passé une nuit si étrange, lorsque la petite nièce de Will Fern, éveillée par le bruit, accourut à demi habillée.

« Ah ! la voici, s'écria Trotty en s'emparant d'elle. Voici la petite Lilian. Ah ! ah ! ah ! nous y sommes et c'est ici. – Oui, nous y voici et nous y sommes, et voilà aussi l'oncle William… Bonjour, oncle Will ; bonjour, mon ami. – Ah l'oncle Will, quel rêve j'ai eu cette nuit pour vous avoir hébergé ! Ah ! oncle Will, quel service vous m'avez rendu en venant chez moi, mon brave ami ! »

Avant que Will Fern eût pu faire la moindre réponse, une troupe de musiciens fit irruption dans la chambre, suivis d'une troupe de voisins qui criaient : Bonne et heureuse année, Meg ; – heureux mariage ! – accompagnée de plusieurs autres, – avec je ne sais combien de ces phrases incomplètes qui comprennent toutes sortes de bons souhaits. La grosse caisse, qui était un ami particulier de Trotty, s'avança ensuite et prit la parole : « Trotty Veck, mon garçon, on a dit dans le quartier que votre fille allait se marier demain. Il n'est personne qui vous connaissant, elle et vous, ne fasse des vœux pour vous et pour elle, des vœux de bonne année pour le père et la fille. Nous voici donc pour faire de la musique et danser. »

Cette proposition fut reçue avec une acclamation générale. La grosse caisse avait bu un coup de trop, soit dit en passant, mais qu'importe ?

« Quel bonheur, s'écria Trotty, d'être ainsi estimé ! Quels bons voisins vous faites !… Tout cela pour ma fille chérie… Ah ! elle le mérite bien. »

Tout le monde était prêt pour la danse (Meg et Richard en tête), la grosse caisse allait frapper rudement sur sa double peau d'âne, lorsqu'éclata au dehors une singulière combinaison de sons, et l'on vit entrer vivement une brave femme de cinquante ans environ, à la face gracieuse et réjouie. Elle était escortée d'un homme portant une cruche en grès d'une taille effrayante, et à sa suite venaient des clochettes… Non pas les cloches du clocher, mais ce carillon portatif appelé le chapeau chinois !

« C'est Mrs Chickenstalker ! s'écria Trotty ; et s'asseyant sur sa chaise il se mit à frapper encore des mains sur ses genoux.

– Vous vous mariez et ne m'en dites rien, Meg ! dit la brave femme. Avez-vous pu croire que je laisserais passer le jour de l'an sans vous apporter mes souhaits ? Non, Meg, quand j'aurais été alitée. Me voici donc, et comme c'est le jour de l'an et le jour de votre mariage, ma chère, j'ai fait faire un petit punch que voici. »

Le petit punch de Mrs Chickenstalker faisait honneur à son caractère, car la cruche fumait comme un volcan, et l'homme qui l'apportait n'en pouvait plus.

« Mrs Tugby ! dit Trotty qui avait trotté autour d'elle dans son extase… je veux dire Mrs Chickenstalker, Dieu bénisse votre bon cœur ! Je vous souhaite une heureuse année accompagnée de plusieurs autres ! … Mrs Tugby, dit encore Trotty, après l'avoir embrassée, je veux dire Mrs Chickenstalker… je vous présente William Fern et Lilian. »

À la grande surprise de Trotty, la bonne femme rougit et pâlit tour-à-tour.

« Serait-ce Lilian Fern dont la mère est morte dans le comté de Dorset ? » demanda-t-elle.

L'oncle répondit : « Oui. » Et une explication rapide s'ensuivit, d'où il résulta que Mrs Chickenstalker lui secoua cordialement les deux mains, embrassa Trotty de son propre mouvement, et pressa l'enfant sur sa large poitrine.

« Will Fern ! dit Trotty, serait-elle la parente, l'amie que vous espériez trouver à Londres ?

– Oui, répondit Will, appuyant ses deux mains sur les épaules de Trotty, et qui promet d'être une aussi bonne amie, si c'est possible, que celui que j'ai trouvé avant elle.

– Ah ! dit Trotty, musiciens, voulez-vous nous faire entendre un petit air… voulez-vous avoir cette bonté ? »

Tout l'orchestre joua, le chapeau chinois, la clarinette, le fifre, la grosse caisse, tous, et pendant que les cloches continuaient de carillonner aussi dans le clocher, Trotty, prenant Mrs Chickenstalker pour partenaire, dansa une contredanse à quatre avec Richard et Meg, une contredanse sur une mesure inconnue jusqu'alors, et qui se fondait sur son trot particulier.

Trotty avait-il rêvé ? est-ce un rêve que le récit de ses joies et de ses douleurs ? les acteurs de ce récit, et Trotty lui-même, ne sont-ils que les personnages d'un rêve ? le conteur n'a-t-il été, lui aussi, qu'un rêveur qui se réveille enfin ? … Si cela est, vous qui l'avez écouté, vous qui lui êtes chers dans toutes ses visions, rappelez-vous les sévères réalités d'où lui sont venues ces ombres et, dans votre sphère – il n'en est aucune de trop grande, aucune de trop limitée pour cela, – efforcez-vous de les corriger, améliorer et adoucir. Puisse ainsi la nouvelle année être heureuse pour vous, heureuse pour tous ceux dont le bonheur dépend de vous ! Puisse enfin chaque année être plus heureuse que la dernière ! Que surtout le plus humble de nos frères ou la plus humble de nos sœurs ne puissent être privés de leur part légitime dans le bonheur que notre Père à tous leur a destiné en les créant !